A BICICLETA DE CARGA

MIGUEL SANCHES NETO

A bicicleta de carga
e outros contos

Copyright © 2018 by Miguel Sanches Neto

Grafia atualizada segundo o Acordo Ortográfico da Língua Portuguesa de 1990, que entrou em vigor no Brasil em 2009.

Capa
Guilherme Xavier

Foto de capa
Epoxydude/ Getty Images

Preparação
Ciça Caropreso

Revisão
Clara Diament
Valquíria Della Pozza

Os personagens e as situações desta obra são reais apenas no universo da ficção; não se referem a pessoas e fatos concretos, e não emitem opinião sobre eles

Dados Internacionais de Catalogação na Publicação (CIP)
(Câmara Brasileira do Livro, SP, Brasil)

Sanches Neto, Miguel
  A bicicleta de carga e outros contos / Miguel Sanches Neto. —
1ª ed. — São Paulo : Companhia das Letras, 2018.
    ISBN 978-85-359-3139-6

    1. Contos brasileiros I. Título.

18-16941   CDD-869.3

Índice para catálogo sistemático:
1. Contos : Literatura brasileira 869.3

Cibele Maria Dias – Bibliotecária – CRB-8/9427

[2018]
Todos os direitos desta edição reservados à
EDITORA SCHWARCZ S.A.
Rua Bandeira Paulista, 702, cj. 32
04532-002 — São Paulo — SP
Telefone: (11) 3707-3500
www.companhiadasletras.com.br
www.blogdacompanhia.com.br
facebook.com/companhiadasletras
instagram.com/companhiadasletras
twitter.com/cialetras

Sumário

I
Todas as mãos, 9
Segundo toque, 17
Amor em Madri, 18
Pequenos aracnídeos, 30
Banho de cachoeira, 34
Sr. Nelson, 38
Pintado para a guerra, 43

II
Mundo móvel, 53
Cheiro de grama cortada, 62
Não há trégua, 74
Indo para o mesmo lugar, 75
25 watts, 84
Caminho para Paris, 88
Senhoras da noite, 94
A linguagem roubada, 98
A irmandade da merda, 112
A bicicleta de carga, 123

I

Todas as mãos

Eu ainda era menina e frequentava um curso de música. Minha mãe trabalhava de bibliotecária na faculdade de direito e me falava dos grandes escritores que haviam passado por lá, Castro Alves, Tobias Barreto, o que me dava um desejo de viver outras vidas. Na volta de uma das aulas (ela sempre ia me pegar na escola), passamos em frente a uma loja de móveis usados, dessas cheias de quinquilharias. Num canto, sob umas cadeiras, estava um piano branco, de um branco encardido. Eu olhei para ele. A mãe também. Paramos na calçada. Alguém esbarrou na gente. Entramos na loja e coloquei a mão nele como quem toca a imagem de um santo. Na infância, a gente se apega mais aos objetos. Apareceu um homem magro e com roupas largas — devia vestir peças que comprava de segunda mão. Ele não disse um a. Até hoje gosto de vendedores discretos, que me olham com carinho e respondem às perguntas com voz baixa, educadamente, sem querer vender nada. Ficamos os três em silêncio, como se estivéssemos rezando. A mãe perguntou se podia ver melhor o piano. Eu já identificara o fabricante — a casa Pleyel & Lion

& Cia. Ter um objeto de Paris, mesmo comprado numa loja de usados, era realizar um sonho. O homem magro tirou as cadeiras de cima do meu piano — sim, eu sabia que ele seria meu —, arrastou vários móveis e o deixou bem no meio do corredor. O piano tinha pés torneados, detalhes em metal e dois pedais. Não era grande, por isso se ajustava à nossa vida. O vendedor trouxe uma banqueta com o assento reencapado de veludo envelhecido e olhou para mim. Eu me sentei, abri o tampo, coloquei os dedos sobre o marfim amarelado, mas não apertei.

— Quanto o senhor está pedindo pelo piano? — minha mãe perguntou.

Tive uma crise de taquicardia. A garganta ficou seca. Meus olhos se encheram de água. Mas não chorei. Esperei a eternidade daquela resposta, pois ele foi até a sua mesa, uma mesa antiga coberta de coisas também para vender, e pegou um caderno, onde devia anotar os preços. Pensou uns segundos e disse, ainda com lentidão, o valor e o número de vezes em que ele podia parcelar.

Eu sabia que era muito dinheiro para nós.

Minha mãe engravidara de um amigo, que foi embora antes de receber a notícia. Isso ainda era um escândalo na década de 1970, mas ela tinha o seu emprego e queria um filho. Nunca me senti órfã, embora desejasse uma presença masculina em casa.

A mãe então disse que ficaria com o piano. Gostei de ela não ter discutido o preço, isso me faria sofrer com a possibilidade de perdê-lo. No mesmo dia, o piano entrou em nosso apartamento na rua do Hospício. Colocamos a mesa de jantar encostada em uma das paredes, para que ele tivesse um espaço só dele.

Quando minha mãe chegava do serviço, e principalmente se vinha cansada ou contrariada com algo, eu corria para o piano e tocava as músicas aprendidas na escola. Ela cozinhava ao som de Bach, Mozart, Villa-Lobos. Devíamos ser malvistos no prédio. Quase ninguém nos visitava, e ficávamos ali com nossa mania musical. Minha mãe não entendia nada de música. Nascera na roça, vindo cedo para o Recife. Daí engravidou, parou os estudos e teve a sorte de ser contratada pela universidade.

Não cursei direito, mas odontologia. Mesmo na época da faculdade, eu não deixava de tocar e passava dos dentes estudados no curso para as teclas de marfim. Elas estavam precisando de um clareamento. Quando comecei a atuar na profissão, achei que não sobraria tempo para o piano, que se tornara apenas um hobby. Mas, nos dias de maior desânimo, ia até ele e tocava. Minha mãe parava o que estivesse fazendo para me ouvir.

Ganhei algum dinheiro e comprei um apartamento. Decidimos nos desfazer de todos os móveis velhos. Só levamos o piano, porque o piano não era um móvel.

Como não havia espaço na sala, ele ficou em meu quarto. Eu me casei, e deixamos o apartamento para minha mãe. Agora só tocava o meu Pleyel quando ia visitá-la nos finais de semana. Vieram os filhos, multiplicando as obrigações. Um dia lembrei-me que não tocava piano havia mais de um ano. Saí do consultório para o apartamento da minha mãe, que, aposentada, dedicava seu tempo à leitura. Dizia que tinha vivido entre livros, mas que lera pouco. Agora, que não precisava mais guardar, catalogar e emprestar as obras, podia enfim amá-las. Cheguei com a minha roupa de trabalho. A mãe me recebeu de bermuda e camiseta. Parecia uma menina. Senti um amor imenso por ela. Não falamos nada. Era como na minha infância. Ela foi para a cozinha preparar algo. Eu para o piano, que continuava no mesmo lugar. Meu quarto não mudara, havia até roupas minhas lá, roupas de dez anos antes.

O branco da minha calça criava um contraste com o encardido do piano. Toquei umas três ou quatro músicas enquanto a mãe arrumava a mesa da sala. Depois ela me serviu café e bolo. Bebemos e comemos sem trocar uma única palavra.

— Estávamos com saudade — ela disse enfim.

Voltei quase todos os dias para tocar para minha mãe. Deixava vagos os últimos horários na minha agenda, e gastava uma horinha com ela. Ganhei de novo uma chave do apartamento, para o caso de chegar e ela ter saído. Mas ela nunca saía.

— Você não quer levar o piano para a sua casa? — ela me perguntou um dia, na hora de se despedir.

— Ele jamais sairá daqui — falei, sorrindo.

O destino logo tratou de me contrariar. Uma tarde a mãe não atendeu a campainha. Eu voltaria depois, ela devia estar na rua — eu tentava me enganar. Chamei o elevador, mas quando ele chegou mudei de ideia. Tocar apenas uma música e depois ir embora, pensei. Ao abrir o apartamento, comecei a chorar. E foi chorando que entrei no quarto dela. Minha mãe não estava lá. Eu a encontrei morta na minha cama. Infarto, disse meu marido, que é médico. Não me interessa saber do que ela morreu, e sim se morreu me esperando. Morreu lembrando de alguma música? De meu pai? Só então me dei conta de que nunca soube dos amores de minha mãe. Teria tido muitos namorados nesses anos todos? Teria renunciado ao sexo? Será que se satisfazia na hora do banho? Vendo-a morta, parei de chorar. Sentei ao piano e toquei uma música.

Depois de vender o apartamento, com todos os móveis, me senti melhor. Queria me lembrar dela e de mim de outra forma. O piano foi para um restaurador, o sr. Roberto. Só me encontrei com ele numa sexta-feira à tarde. Era uma loja antiga, havia outros pianos em melhor e pior estado. Senti-me como no dia em que o descobrimos numa loja de usados. Esse homem também era silencioso. E me apresentou o orçamento.

— A senhora vai gastar mais do que ele vale.

— Ele vale muito — afirmei.

— É um piano de 1870. Talvez a madeira esteja danificada,

com cupins. A pintura pode ter sido feita para esconder os estragos.

— Vamos remover a tinta.

— Falo isso apenas para a senhora não sofrer depois.

Demorou um ano para o piano ficar pronto. O restaurador trabalhava sozinho, tinha muito serviço, mas o que fez mesmo atrasar foi a substituição de umas peças, trazidas do exterior. Nesse período, embora ele estivesse desmontado, eu passava lá sempre que podia. Não era possível tocar, mas eu precisava de alguns momentos com o meu Pleyel.

Vi quando surgiu a textura original do jacarandá, com o seu tom avermelhado, os veios escuros e brilhantes. Não havia nenhum defeito, nem mesmo um risco mais fundo. Nenhum buraquinho de inseto. A madeira devia ter sido cortada na minguante, quando os veios das árvores se estreitam, pois nesse período a seiva circula muito pouco e a madeira se torna compacta, resistente a fungos, cupins e brocas. Apenas algumas peças de metal tiveram que ser substituídas.

— O senhor já pensou na viagem que este piano fez?

— Foi fabricado em Paris — ele me informou o que eu já sabia.

— Mas a madeira saiu daqui. Escravos derrubaram a árvore, ela foi para uma serraria, levada em carro de boi, depois virou pranchas. Eram sempre mãos escravas que transportavam a madeira, e deve ter sido assim até chegar ao navio que levaria para a França as peças ainda verdes.

O homem, que lixava um canto da madeira, parou o serviço para ouvir. Era a mesma reverência que eu encontrava em minha mãe quando eu tocava.

— Os escravos faziam o transporte por obrigação. Talvez gostassem de mexer com as madeiras, mas as mãos deles estavam cheias de farpas e tinham muitos calos. Ninguém pode amar algo que machuca. O jacarandá era jogado de um canto para o outro, até chegar ao navio. É uma madeira cara. E escassa. Saiu das florestas dos trópicos para se transformar em algo mais duradouro do que uma árvore.

— Ela já vive há mais de cento e quarenta anos nesta outra vida — o restaurador disse, olhando para o piano.

— O piano fica pronto e toca pela primeira vez, uma música produzida somente para teste. Depois a viagem de volta. Ele já não é só madeira. Vem protegido em um caixote. Apenas quando chegar à loja, quando for exposto numa vitrine, depois de o afinador tocar nele para ordenar seus sons, é que o piano de jacarandá conhecerá a intensidade ao ser comprado por uma família rica. A filha ou a mulher tocará nele em noites de reunião ou de festa. E a antiga árvore se encherá de melodias, rendendo-se às mãos que não param de acariciar as teclas.

— Mas também houve morte e esquecimento — completa o sr. Roberto.

— Sim, morreu a mãe, ou então a filha envelheceu muito, o piano ficou para a neta, que não sabia tocar, mas ela o guardou na garagem, o piano não cabia na casa, até o dia em que o vendeu a uma vizinha cuja filha estudava música. O piano escuro não combinava com a mobília da casa, daí o pintaram todo de branco, uma cor mais jovem, a nova dona tocava peças modernas nele, até que um dia ela saiu de casa, esteve em vários países, casou-se em Viena, onde ela tinha um piano de cauda, e quando vinha visitar os pais, isso só de tempos em tempos, ela nem olhava para aquele pianinho cafona. Os pais então o venderam a uma loja de usados, e ele ficou lá esquecido por mais alguns anos, até que uma menina pobre o viu e se encantou por ele, e suas mãos ressuscitaram os sons ao testarem a ressonância da caixa de jacarandá. Serão anos de alegria e amor pelo piano, até chegar a hora de ela também o abandonar, corrigindo depois seu descaso. Em resumo, um piano está sempre à espera de nossas mãos.

— A madeira também — ele disse, voltando a lixar o jacarandá.

— O senhor me desculpe essa história boba.

Falei isso e saí rapidamente da loja. No carro chorei, pensando nas mãos da minha mãe. Na minha ausência, mesmo sem saber tocar, ela devia tirar notas soltas.

Nós mesmos resolvemos buscar o piano na camioneta de um amigo. Meu marido, esse amigo e eu. O sr. Roberto nos ajudou a colocá-lo na carroceria, protegendo-o com cobertores e amarrando-o bem; e ainda seguiu conosco.

— Eu poderia ter mandado entregar, mas não seria a mesma coisa para a senhora — ele comentou.

Assim que instalamos o piano na sala, o vermelho do jacarandá contrastando com os móveis modernos e as paredes claras, numa reprodução da brancura de nossos consultórios, sentei-me na banqueta nova que tinha comprado para esperá-lo, como quem prepara o enxoval da criança que ainda não chegou, e toquei a primeira das "Variações Golberg". Todos aplaudiram. Eles estavam ao meu redor, em pé. Eu me ergui e, juntos, aplaudimos mais. Não a minha atuação; aplaudimos o piano.

Sempre achei que eram duas ou quatro mãos que tocam um piano, mas ali, com aquele pequeno público, eu, que nunca me apresentei como pianista, descobri que são muitas as mãos sobre um teclado. As mãos dos que cortaram e beneficiaram a madeira. As mãos dos que a transportaram. As mãos daqueles que fabricaram e testaram o piano. De todos que tocaram nele. E também daqueles que aplaudiram as músicas executadas. Eram também as mãos de minha mãe que lhe roubava notas solitárias. E as mãos do restaurador. E por fim as minhas próprias mãos. Todas aplaudindo.

À noite, quando perco o sono, venho para a sala no escuro e fico olhando o canto em que o piano dorme. Sinto-me no meio da floresta, com a sensação de ter devolvido o jacarandá a uma mata há muito extinta.

Segundo toque

Não se esquece de algo para sempre. Uma hora tudo volta. Pensei nisso quando, ao cruzar a rua, me virei e vi a placa de um carro com parte de um antigo telefone. Fui para o trabalho com os números na cabeça, como se eu ainda ligasse para ela duas ou três vezes por dia. Nem mesmo o filme a que assisti em casa com a família apagou aquela lembrança. Dormi pensando no tempo em que namorávamos, antes de eu conhecer a mãe de meus filhos, o mais velho com doze anos. Foram eles que me acordaram na manhã seguinte, como sempre fazem aos sábados, pulando em nossa cama e nos abraçando. Mas havia mais alguém ali. Depois tomei café em silêncio. As crianças não desconfiaram de nada quando voltei ao quarto, me tranquei e fiz a ligação. Ela atendeu no segundo toque, como se há vinte anos estivesse me esperando.

Amor em Madri

Desceu ao saguão para ver sua correspondência eletrônica. Escolhera aquele hotel por ficar ao lado do Museu do Prado e perto do Reina Sophia. Tinha ido a Madri ver os grandes pintores. Sem falar espanhol, conversava com o pessoal do hotel em português. Estava perguntando algo sobre o computador, quando, assim que se virou, uma mulher morena — óculos escuros erguidos sobre o cabelo e um vestido preto de malha marcando o corpo de lagartixa — falou com ele, mostrando dentes pequenos e brancos.

— Que bom encontrar um brasileiro aqui.

Ele sorriu e perguntou de onde ela era.

— Rio — ela disse. — E você?

— São Paulo — mentiu.

Era só meia mentira. Morava em Campinas, mas não queria se sentir diminuído diante de uma mulher que falava em castelhano com o atendente. Devia ser acostumada a viagens, embora bem nova, e isso intensificou a timidez dele. Quando ela se voltou de novo para ele, perguntou se estava sozinho.

Ele confirmou com um resmungo e ela foi dizendo que aguardava o marido, iriam à Plaza Mayor, se quisesse poderia juntar-se a eles, pediriam uma porção de calamares e um vinho branco e ficariam falando sobre o Brasil e suas misérias.

— Você reparou que só quando saímos do país ele cabe na nossa imaginação?

Ele riu, concordando. Era uma mulher inteligente, de uma beleza feroz; não deveria ser saudável amar alguém assim.

— Você ainda não me disse seu nome. O meu é Bia.

— Daniel.

Um homem loiro, olhos azuis, aproximou-se para abraçar Bia, sua mão colou a malha preta ainda mais no corpo dela, destacando a renda da calcinha.

— Eu estava convidando o Daniel para sair com a gente. Ele é de São Paulo.

— Seria muito bom — disse o marido.

— Depois poderíamos ver algum show.

— Infelizmente, tenho compromisso — Daniel falou, olhando o relógio.

— É uma pena — lamentou o marido.

— O João gosta muito de sair com amigos.

Com ar de apaixonado, João sorria. Despediram-se para ganhar a rua. Quando a porta se abriu, o calor da tarde de julho invadiu o saguão.

Daniel verificou rapidamente a correspondência no computador. Depois resolveu ir mais uma vez ao Reina Sophia, não por causa de *Guernica* (tinha esperado tantos anos para vê-lo e fora uma decepção), mas por Dalí, pintor que nunca lhe interessara. Agora queria rever os quadros que tinham feito tão bem a ele. Depois voltaria ao *Guernica* para saber se ainda o desagradava.

Mas não chegou ao museu, comprou o *El País*, entrou em um café e se perdeu na leitura, acompanhado por um vinho branco. Quando voltou ao hotel, foi dormir. Antes pegou uma maçã verde no balcão em frente do elevador e levou para o quarto. Mordeu a maçã suculenta pensando em Bia.

Naquela primeira parte da noite dormiu mal, e antes da uma da manhã estava acordado. Tomou um banho gastando muita água, vestiu-se e desceu ao saguão, ficando quieto na poltrona, a ver a rua, as pessoas que entravam e saíam, e nem sinal daquele corpo de lagartixa. Decidiu então caminhar pela Gran Vía, movimentada àquela hora da noite.

Sabia de um dos bares preferidos de Hemingway naquela avenida, mas não se lembrava do nome. Atento, foi subindo a Gran Vía. Ao encontrar a primeira aglomeração de jovens, todos de camiseta sem mangas e tatuados, parou. Estava lá o nome, Museo del Chicote. Era o bar, mas com frequentadores estranhos, todos musculosos, até as mulheres, e isso o constrangeu um pouco. Mesmo assim, entrou. Nenhuma mesa vazia, até o balcão estava cheio. Ficou olhando nas paredes as fotos do velho Papá. Teria que disputar espaço no final do balcão. Espremeu-se entre estranhos até conseguir apoiar os cotovelos no mármore. O barman se aproximou e ele pediu um *dry martini*.

Ficou vendo o homem preparar a bebida e logo a tomava como um personagem do escritor. Queria se embebedar e pediu mais um. A qualquer momento, o velho de barba branca sairia das fotos e viria em sua direção.

Em vão esperou Hemingway. O bar já estava meio deserto quando resolveu voltar ao hotel. Não prestou muita atenção nas ruas, mas acabou achando o endereço. Foi direto ao quarto e dormiu até o sol nascer. No café da manhã, encontrou o casal.

— Fique aqui na nossa mesa — Bia pediu, com cara de quem tinha feito amor ao acordar.

Ela ofereceu o rosto para ser beijado. Cheirava a flores. João estendeu a mão com alegria e logo estava contando como tinha sido o espetáculo de flamenco, uma coisa realmente divina, pena que você não quis ir.

Combinaram na hora uma visita a Toledo e, sem nem subir ao apartamento, seguiram para a estação Atocha, passando pelas árvores empoeiradas de seu bosque interno. Daniel sentiu saudades da flora brasileira, era como se estivesse havia décadas no exílio, e mal fazia uma semana que deixara sua cidade.

Sentaram-se num banco para esperar o trem, Bia no meio dos dois. Ela falava as coisas com a mão no joelho de Daniel, apertando nele seus dedos finos e longos, com unhas bem cuidadas. Conhece-se uma mulher pelas unhas. Bia tinha uma vida sem grandes compromissos, as unhas não revelavam a menor tensão ou timidez. Daniel ficou pensando se conseguiria parar de roer as suas, hábito que deixava seus dedos redondos e cabeçudos.

No trem, acomodou-se na frente do casal. Embalada pelo movimento do vagão, Bia dormiu. João quis saber o que ele fazia, por que estava em Madri. Homem educado, tudo nele era tranquilidade. Daniel sentiu inveja. Suas relações amorosas acabavam sempre em atrito, e ele via ali um casal cúmplice. Talvez fosse aquilo o amor. Então Daniel ainda não amara de verdade. E começou a roer a unha do indicador direito enquanto ouvia o marido falar da vida a dois, jamais fora tão feliz, se soubesse teria se casado no dia em que conheceu Bia numa visita ao Prado. Ele estava olhando *Las meninas*, de Velásquez. Ela se aproximou sem se dirigir a ninguém, dizendo que adorava a menina loira. João olhou para o quadro e para ela, dizendo: prefiro você. Ela riu, que coincidência encontrar um brasileiro aqui. E João respondeu não acredito em coincidências. Almoçaram no restaurante do museu uma salada de atum horrível, que ficou no prato dos dois, mas ela elogiou, a comida é muito boa. Passaram juntos o resto da viagem. Na volta ao Brasil, meses depois, João deixou a noiva e foi morar com Bia.

— Voltamos agora para comemorar o primeiro aniversário do nosso encontro.

Bia acordou apenas na estação de Toledo. Para se levantar, se apoiou na perna de Daniel, num esforço exagerado, e saiu abraçada ao marido. Daniel seguiu atrás deles, se recordando de que, com a queda do Império Romano, Toledo tinha sido tomada pelos bárbaros. Estava ligada ao surgimento da língua portuguesa. Os suevos, vândalos e visigodos chegaram a Toledo perto do ano 500 d.C., adotando a língua do povo derrotado, um latim vulgar. Acelerou a história até o período em que Portugal foi governado pela Espanha e se lembrou que uma das palavras vindas do castelhano era *lagartixa*. Pensou nisso enquanto via o corpo de Bia, insinuante, a bunda magra e bem formada se mexendo como um toco de cauda.

Na hora de entrar no táxi, Bia abriu a porta da frente para João e sentou-se no banco de trás com Daniel, confidenciando, enquanto o marido acertava a corrida, que ele gostava de comandar os passeios, melhor que fosse na frente.

A perna descoberta de Bia roçava levemente a de Daniel.

— O que você quer ver primeiro, Daniel? — perguntou o marido.

— O rio Tejo.

E João orientou o motorista.

Logo estavam na beira do rio. Desceram e ficaram olhando as águas. Daniel se lembrou das navegações, seu pensamento cruzou o mar e chegou ao Rio de Janeiro. Tirou os olhos do Tejo para contemplar Bia abraçada ao marido.

Depois o táxi os deixou na praça central e começaram uma caminhada por ruas estreitas, museus e igrejas. Foram ver *El entierro del conde Orgaz*, de El Greco, na igreja de Santo Tomé. Daniel sentiu, na sala apertada, o quadril de Bia tocando sua coxa. Teria estrias, celulite? Não prestou muita atenção na pintura. E conde Orgaz o levou a pensar em orgasmo. Será que Bia tinha orgasmos com João ou pensava em outro homem na hora de virar seus olhos de lagartixa?

Na catedral, entraram no museu da sacristia para ver quadros, roupas e objetos. O tempo, recuperado como relíquia, fez com que Daniel fosse tomado pela urgência de viver. Queria sair logo da igreja, perder-se no presente.

Afastou-se sozinho, deixando para trás a escuridão medieval, e buscou o sol que o limparia da pátina e do bolor encalacrados em cada entalhe, em cada tela, em cada roupa. Tudo ali era morte e ele desejava viver. Ficou quase meia hora esperando pelo casal, que chegou alegre, com planos de almoço.

— Num restaurante ótimo que nos indicaram.

Procurando o endereço no labirinto medieval, eles se cansaram, e, ao dar com uma praça, Bia suspirou que estava com sede.

— Pego refrigerantes para a gente — João se prontificou.

Daniel e Bia sentaram-se numa mureta.

— Não preciso pedir nada a ele.

Bia passou a mão pelas costas de Daniel e segurou seu braço, encostando a cabeça em seu ombro. Ele também a abraçou pela cintura, desceu um pouco a mão e sentiu a saliência lateral da calcinha, uma pequena tira elástica.

Ela fechou os olhos e ficou naquela posição até João voltar, com três latas de coca-cola. Abriu a primeira. Com o barulho do alumínio sendo rompido, Bia ergueu as pálpebras e endireitou o corpo. João lhe estendia a lata. Enquanto o marido abria a segunda, ela bebeu o primeiro gole, lábios tocando de leve o alumínio, olhos pregados em Daniel.

— Esta é para você — João disse ao novo amigo.

Só depois ele se sentou e abriu a sua lata, sorvendo o refrigerante de uma única vez. Bia bebeu mais dois pequenos goles, abandonando a lata na mureta. Quando Daniel terminou, João recolheu tudo para levar ao lixo. Continuariam em busca do local indicado.

Minutos depois, numa viela, encontraram o restaurante Assador Adolfo.

— Judeus não devem se sentir muito bem nesse restaurante — João brincou.

Entraram e escolheram uma mesa nos fundos.

— Você nos acompanha numa cava? Para comemorar nosso encontro — João disse e, sem esperar a resposta, já estava escolhendo os pratos.

— Deixa tudo com ele, Daniel.

A comida era ótima, mas Daniel não sentiu o gosto, olhava o movimento dos lábios de Bia enquanto ela mastigava pequenos pedaços de peixe. João se entusiasmou com o restaurante, tinha sido uma boa escolha. Pediu mais uma cava, e beberam até o meio da tarde.

Do restaurante, tomaram um táxi para a estação e em seguida pegaram o trem. Logo os dois dormiam, pacificados pela bebida e pelo cansaço. Daniel ficou olhando os campos de La Mancha com o pensamento em Cervantes.

No hotel, Bia perguntou em que andar ele estava. Depois de saber que era no quinto, ordenou que mudasse para um apartamento mais próximo. Sem esperar, ela pediu que o pessoal do hotel fizesse a troca, havia um quarto vazio ao lado do deles.

— Assim a gente cuida um do outro.

A mudança foi fácil, ele costumava deixar todas as roupas na mala, sem paciência para arrumar armários. Foi só juntar cremes, escovas e outros produtos no banheiro, fechar as malas e descer dois andares.

Agora João batia na porta. Queria convidar para um passeio no Mercado de Fuencarral e depois para jantarem em algum restaurante em Chueca, o bairro da moda.

Daniel alegou cansaço.

— Bia vai ficar triste se você não for.

Na feira noturna, os três olhavam chapéus, bolsas hippies, leques. Bia mexia em tudo, mas não comprava nada. Jamais usaria aqueles objetos. Queria apenas o prazer de seduzir os vendedores com seu negaceio. Quando chegaram ao restaurante, uma travesti com cara de vovó modernosa, encostada na parede, olhou para eles com um sorriso cínico.

— Acho que gostou da Bia — João disse.

— Daniel, por que não chama a velhinha para vir sentar com a gente? — Bia perguntou.

— Só depois de muita bebida — Daniel respondeu, rindo.

O restaurante era pequeno e ficava alguns degraus abaixo da rua. Homens com piercings e coletes de couro exibiam braços musculosos. Além de Bia, havia apenas um casal de mulheres, vestidas com roupas amarrotadas, numa mesa perto do balcão. João pediu vinho. Daniel, suco.

— Não é um lugar seguro para se embebedar — ele disse, para explicar seu pedido.

Bia avançou a cabeça sobre a mesa e falou baixinho, enquanto João olhava o cardápio:

— Medo de seus fantasmas?

— Não, do meu amor — Daniel sussurrou.

Ela riu, voltando à posição normal e indicando, distraída, um prato qualquer no cardápio. João imediatamente perguntou qual, ela repetiu o nome e disse que talvez fosse bom. João deixou de lado o que havia escolhido.

Os lábios de Bia, durante a refeição, brilhavam por causa da gordura. Ela bebia goles minúsculos de vinho tinto. Daniel não conseguiu comer direito.

— Não gostou da vitela? — João perguntou.

— Está ótima, é que estou sem fome.

Uma vez mais, João fez questão de pagar a conta. Saíram a pé pelo bairro, Bia entre os dois, segurando no braço de cada um. Ao virar-se, para ver uma vitrine ou um bar, ela roçava os seios em Daniel. Seios pequenos, soltos na blusa.

— Vocês não se sentem no Brasil aqui no meio desses camelôs?

— É como a nossa feirinha hippie — foi o comentário do marido.

Daniel ficou quieto. O seio de Bia apertava seu braço, enquanto ela apontava blusas coloridas dispostas na calçada.

No hotel, tomaram o elevador. João e Daniel colocaram a chave na fechadura ao mesmo tempo, girando o tambor com pressa. O barulho deixou Daniel tenso.

Entrou antes do casal, dizendo boa-noite. Deitado de roupa, ficou ouvindo os barulhos do quarto vizinho, que lhe chegavam ampliados pelas paredes sem isolamento acústico. Sons da tampa do vaso sendo abaixada, de alguém se sentando, do jato feminino de xixi. Daniel enfiou a mão dentro da calça. Depois a descarga, a porta do banheiro batendo de novo. O barulho de um corpo tombando no colchão, cochichos, movimento de molejos, urros contidos, mas nítidos. Mais urros cadenciados e de repente Bia uivava. E os três terminaram juntos. Daniel virou-se de lado, exausto.

Levantou-se cedo e, sem tomar café, perdeu-se pela cidade. Agora retomaria a visita aos museus, só tinha mais dois dias. Queria ver Goya com calma, primeiro a fase negra, as telas mais agressivas do gênio. Assim que o Museu do Prado abriu, deu início à viagem a algumas salas, era para isso que tinha vindo. Depois de passar boa parte da manhã contemplando tantas telas, deixou-se ficar diante da que representava os dois velhos comendo. Eram apenas caveiras.

Quando ganhou o andar de cima, deparou-se com *La maja*

desnuda, fascinante, hipnótica, e pôs-se a imaginar como seria o corpo de Bia. Para vencer o fascínio, resolveu almoçar. Ao seguir para o restaurante do museu, viu, no vão da sala de *Las meninas*, o casal brasileiro. Os dois chegaram rapidamente, sem parar diante de outros quadros, olharam a tela por um instante e se afastaram com passos acelerados.

O almoço era ruim, arroz com legumes e frango. Pegou uma cerveja para empurrar aquilo. Não demorou mais do que quinze minutos no restaurante, logo estava de volta às salas de Goya, lendo todas as informações. Gostava até dos retratos da família real, de cores vivas, o que só intensificava os traços grotescos daquela gente feia. Mas só parou diante do fuzilamento de Três de Maio, hipnotizado pela luz viva do lampião, que destacava o desespero dos condenados. Viu mais algumas telas e se assustou com *El pelele*. Lá estavam as quatro mulheres com expressões de prazer egoísta, jogando um boneco para cima, em uma manta manejada coletivamente. O boneco, com cara de idiota, de idiota alegre, era apenas instrumento de diversão.

Não conseguiu ver mais nada, saiu do Prado e foi à Casa del Libro, na Gran Vía, para mexer nas estantes de lançamentos. Comprou dois livros sobre Dom Quixote e depois gastou o resto da tarde e o começo da noite em um café. Na volta ao hotel, viu várias prostitutas numa rua, algumas negras, talvez do Rio. Veio à memória uma frase de um amigo a caminho de Paris. Daniel lhe perguntara o que iria fazer na França, ver alguma exposição? E a resposta desbocada: foder em outra latitude. Daniel estava sozinho em outra latitude.

Quando chegou ao hotel, perto das dez da noite, encontrou Bia no saguão.

— Por onde você andou?

— Compromisso com um amigo.

— Não quer ir ao teatro?

— Impossível.

— Então fique aqui um pouco.

Ele se sentou no mesmo sofá e ela começou a falar que estava cansada da viagem e que ainda iriam a Paris. Quando ele voltaria para o Brasil?

— Já? — ela disse ao saber que seria no dia seguinte. — Então me deixa seu endereço.

Ele tirou um cartão do bolso e lhe entregou.

— Quer dizer que mora em Campinas?

— Mas trabalho em São Paulo.

— Não cansa?

— Não. E o João?

— Foi buscar umas revistas. Não aguento ficar sem fazer nada.

Houve um pequeno silêncio, até ela ordenar:

— Vem.

Subiram ao quarto. Ela abriu a porta rapidamente. Entraram.

— Senta ali — e indicou a cama.

Ele se sentou sentindo o cheiro dela em tudo. Bia ficou mexendo no armário e voltou com um álbum.

— Eu queria mostrar as fotos da época em que nos conhecemos. Trouxemos as melhores para rever aqui. Fomos aos mesmos lugares e tiramos fotos nas mesmas posições. Olha esta, estávamos num restaurante na Plaza Mayor, foi o garçom quem tirou. O João usava uma barba rala.

Alguém bateu na porta e ela foi atender. Era o marido com as revistas.

— Estava mostrando as fotos para ele.

— Gostou? — ele quis saber.

Daniel disse que sim. Tinha achado interessante a ideia de repetir as fotos. João se sentou na cama, no lugar em que Bia estivera, e começou a explicar cada cena, o que tinham comido naquele dia, que local era, o que ele ou ela tinha dito. Uma narrativa longa, mas Daniel não prestava atenção. Acompanhava os movimentos da esposa, que passava as páginas da revista num ritmo mecânico. Uma após outra, as revistas foram abandonadas. Ela disse que ia tomar banho. João ainda comentava as fotos. Quando Bia fechou a porta do banheiro, Daniel disse tenho que ir.

— Não quer sair com a gente?

— Não posso. Um amigo vem aqui.

— Ele também pode ir.

— Já temos programa, obrigado.

Alcançou o corredor e parou na porta de seu quarto. A chave enroscou na fechadura. João veio ajudá-lo, mas ele disse não, eu consigo, e depois de forçar um pouco ela cedeu. Daniel entrou e se deitou. Precisava muito dormir, mas não conseguiu.

Ouviu os dois saindo e, depois de várias horas, a chegada deles. Bia sendo empurrada para a cama. A queda no colchão fez com que Daniel desse um pequeno salto. E logo os dois fazendo muito barulho, bêbados, repetindo tudo até o uivo final. Daniel acendeu a luz, pensou em bater na parede. Mas apenas pegou um dos livros que tinha comprado e passou o resto da noite lendo. De manhã, arrumou a mala, fechou a conta no hotel e deixou a bagagem na portaria. Gastou o dia andando sem destino.

Resgatadas as malas, foi de táxi ao aeroporto, despachando imediatamente a bagagem. Depois fez um lanche e começou a esperar o horário do voo.

Quando entrou no avião, apertou bem o cinto, sentindo-se já no Brasil.

Pequenos aracnídeos

São pequenos aracnídeos, ela disse, mostrando na ponta das unhas uma massa branca que acabara de tirar da coxa, depois de espremer algo parecido com um pelo inflamado. Limpou a unha no tecido do tênis que um dia fora vermelho e pediu que ele procurasse outros aracnídeos em sua perna, erguendo o vestido de florzinha, desbotado pelo sol litorâneo. Ele se aproximou das pernas finas dela, eram bonitas, passou a mão de leve, sentindo os fios loiros. Abaixou bem o rosto para olhar os poros, e cada pelo ereto parecia a perna de uma aranha clara querendo sair de seu corpo. Começou a beijar o joelho, foi subindo, esfregando a língua áspera de tanto cigarro e cerveja, à procura dos aracnídeos mais pelo contato, pois estava com os olhos fechados. Sentiu o odor ácido que vinha da calcinha de malha.

— Aqui não — ela disse, empurrando-o.

Ele abriu os olhos e viu o prédio da reitoria, alunos cruzando a alameda. Estavam ali, esquecidos do mundo sob uma árvore ao lado do canal que cruzava o campus.

— Por que você não vai lá em casa para um banho de cachoeira?

Ela desceu o vestido e se levantou, tinha que terminar as leituras na biblioteca, o prazo para a entrega da tese estava acabando. Sabendo que nunca concluiria o doutorado, ele se preparava para abandonar a ilha, a universidade, Santa Catarina, os amigos etc. Seu destino não seria a pesquisa, muito menos o magistério. Ficou pensando qual seria esse destino, sem chegar a uma conclusão. Olhou para Cássia, já caminhando na direção da biblioteca. O sol deixava seu vestido ainda mais transparente, seu corpo fantasmagoricamente fino, ela nem parecia mãe de duas crianças.

Cursavam a mesma disciplina. Mulher inteligente, estava longe de ser bonita. No começo, ele se interessara por uma alemã de peitos enormes, tímida no meio dos alunos mais preparados, os únicos que frequentavam as aulas do ensaísta hermético. A alemãzinha acompanhava o curso contra a vontade, por imposição da orientadora, que pertencia ao mesmo grupo do professor. Os colegas viam que ela ia desistir no meio da disciplina, nem abria a boca durante as discussões. Com dó, tentara ser amigo, mas ela não conversava com ninguém, achando todos inteligentes demais. Merda, estava cansado de conversas inteligentes, de mulheres complicadas, de amigos citando o filósofo da moda. Queria voltar ao mundo em que homem e mulher valiam pelo que desempenhavam na cama. A alemãzinha tinha peitos enormes, ele nunca gostou de peitos grandes, mas era a única que se parecia com uma colona, preparada para a maternidade, para o trabalho na casa e na lavoura. Todo homem no fundo é um machista ordinário.

Não conseguiu sair com a agricultora, que pesquisava a obra de um poeta de vanguarda. Ela desistiu antes de acabar o ano. Entre os doutorandos se espalhou o boato de que tinha voltado para o interior — iria dar aula numa escola, uns diziam. Outros falavam que havia se juntado com o dono de uma pousada no Pântano do Sul. Ele nunca iria se esquecer daqueles olhos tímidos.

Só depois dessa desistência Rodrigo passou a notar a outra. Na sala, fez uma avaliação rápida e viu que Cássia era a mais apetitosa. Começou a olhar as pernas peludas, os peitos pequenos, a face seca, os lábios carnudos. Devia dar ótimas chupadas. Era com esses pensamentos que Rodrigo enfrentava as discussões sobre teorias mal aprendidas.

— A desconstrução da autoria nos leva a uma literatura de relativização dos preceitos humanistas — ela disse na primeira vez que Rodrigo a procurou na cantina, no intervalo das aulas.

Tinha se interessado pela pesquisa dela, então ouviu essa e outras frases, sem tirar os olhos dos peitos furando um de seus vestidinhos gastos.

— E você?

— O que tem eu?

— Sobre o que está escrevendo?

— Literatura erótica.

Era mentira. Não estava escrevendo nada. Não ia escrever nada, apenas se enganava um pouco mais, criando coragem para largar o curso, coragem que a alemãzinha tivera ao se livrar da orientadora, nem que fosse para limpar a pousada do amante. Ele não escreveria uma tese sobre o erotismo, mas vivia a literatura erótica. Tudo era sexo para ele.

Depois daquela conversa, Cássia se tornou atraente. Ele a encontrava pelo campus em uma bicicleta, com seus vestidos soltos, pedalando sem pudor, um pedaço da calcinha visível, esquecida do corpo como uma criança.

— Você deve estar com as partes irritadas de tanto pedalar — Rodrigo disse ao encontrá-la prendendo a bicicleta com corrente e cadeado numa das árvores ao lado da biblioteca.

— É bom que coça e massageia — ela respondeu, rindo.

— Eu podia fazer isso para você.

— Não com o mesmo desinteresse.

— Mas com um pouco mais de carinho.

— E quem quer carinho? Vamos sentar sob aquela árvore.

Colocou a mão no bolso traseiro da calça de Rodrigo, apertando a sua bunda, e seguiram para a sombra. Sentados na grama, ela o beijou na boca, enfiando sua língua fina e firme. Rodrigo passou a mão nos peitos dela, confirmando que eram duros e pequenos.

Ela se deixava acariciar, meio distante. Foi então que espremeu o pelo da perna e disse que eram aracnídeos. Ele ficou repetindo mentalmente a palavra, enquanto ela se afastava contra a luz da manhã.

Tenho que largar esse doutorado, pensou, corro o risco de me apaixonar por uma magricela feia, cheia de fragmentos teóricos na cabeça e de aracnídeos sob a pele. Desde aquele dia, aracnídeos passaram a ser sinônimo de Cássia e do doutorado, e ele repetia a palavra procurando forças para se libertar.

Banho de cachoeira

— Hoje você vai almoçar em casa, meu taradinho — ela disse, dando-lhe um beijo na boca. Estava evitando ficar sozinho com ela desde o encontro ao lado da biblioteca. O fim das aulas se aproximava e ele não se matricularia no ano seguinte. Não a desejava mais. Depois daquele impulso, veio o nojo. E tudo por causa da palavra. Se tivesse dito que era pus que saía de seu pelo inflamado, ainda desejaria Cássia.

Ela não tinha ido de bicicleta e fez Rodrigo levá-la de carro para casa, numa região de chácaras perto do campus. O lugar era bonito, ela falou na cachoeira, estava um clima ótimo para banho. A casa de madeira, no estilo dos colonos italianos. Mostrou os quartos, todos com colchões no chão, a estante de tijolos de seis furos, uns poucos livros de ficção e muitos de teoria. A empregada cuidava do almoço, os dois andaram pelo jardim, em que havia um caramanchão com brincos-de-princesa. O quintal descia até o fundo do vale, ela informou, onde havia uma cachoeira caindo em um pequeno poço de pedra.

Rodrigo ouviu o barulho de um carro chegando e de crianças correndo.

Um homem barbudo, moreno, apareceu no jardim e ela os apresentou. O marido lecionava história na universidade, os filhos (um casal acima dos cinco anos) já corriam pela casa.

— Ele veio tomar banho de cachoeira — falou para o marido.

— Não tenho roupa de banho — Rodrigo se lembrou.

— Não precisa — ela disse.

— Me siga — ordenou o marido, conduzindo-o para dentro. Rodrigo sentiu o cheiro de cebola refogada vindo da cozinha. Pararam no banheiro e o marido pegou uma sunga pendurada atrás da porta.

— Veja se serve.

Quando a segurou, percebeu que estava úmida. O outro saiu dizendo para ele se vestir. Rodrigo colocou a sunga, que ficou apertada, e pendurou sua roupa. Sentindo-se ridículo, foi até a sala. Cássia disse que tinha servido direitinho.

— Vamos para a cachoeira agora — ela falou, e Rodrigo não quis perguntar se eles não iam se trocar. As crianças seguiam o trio; era uma segurança. O caminho todo cercado de mato. Rodrigo entrou logo na água fria, por causa das árvores em volta e das pedras. Quando se virou, viu Cássia nua no poço, o marido ainda tirava a roupa. Ela se aproximou e ficaram conversando, o outro andava na margem, nu e peludo. Os filhos, também sem roupa, brincavam. O marido pulou na água e se aproximou. Rodrigo sentia o pau encolhido na sunga desde a hora em que a vestira. Mas agora ele chegara à contração máxima. No lugar em que estavam, a água não era funda, dava para ver os seios de Cássia, mas ele não olhava para aquela região. Conversavam sobre a natureza, ela amava o lugar, tinha sido do sogro o sítio. Ali poderiam criar os filhos em liberdade.

O marido contava coisas da universidade, as lutas internas, um verdadeiro inferno, a velha disputa por poder. Rodrigo somente ouvia.

— Olha lá a sua filha — gritou Cássia.

A menina tinha agachado numa das margens e mijava. O marido saiu da água para enxugá-la com as próprias roupas. Enquanto fazia isso, Cássia enfiou a mão dentro da sunga de Rodrigo e apertou o pau inerte.

— Como está pequeno!

— É a água fria.

Ela tirou a mão e deu um mergulho, subindo à superfície perto da margem em que estava o marido.

— Vou levar as crianças — ele informou.

— Nós vamos em seguida.

Pai e filhos se trocaram e partiram como se ninguém mais estivesse ali. Cássia deu novo mergulho, revelando sua bunda magra e bonita. Estava arrepiada por causa da água fria. Quando subiu, já perto de Rodrigo, beijou-o longamente.

— Vamos sair — disse.

Ele obedeceu. Sentaram-se numa laje, ela tinha bastante pelo pubiano. Ele então chupou os peitos, depois a xota molhada, como se estivesse beijando uma mulher de barba. Meteram ali na grama mesmo, depois mergulharam nus e se beijaram várias vezes.

Na volta, ela de vestido úmido, ele de sunga, envergonhado, Rodrigo falou que ia trocar de roupa.

— Não dá tempo, logo ele tem que ir pra universidade e não gosta de almoçar sozinho.

Na cozinha, estavam esperando pelos dois. Rodrigo se sentou ao lado de Cássia e todos começaram a comer. Sentiu algo fino caindo em suas costas e se arrepiou.

Cássia riu e disse que eram cupins. Tinham invadido a casa, estavam comendo toda a madeira, principalmente o forro — comendo e descomendo. Rodrigo ficou imaginando o prato cheio daquelas bolotinhas pretas que atingiam seu corpo. Engoliu tudo rapidamente e foi pro banheiro. Lavou a boca, tomou um banho e vestiu suas roupas.

O marido já tinha ido para a universidade, as crianças brincavam no quintal e Cássia estava numa cadeira sob o caramanchão de brincos-de-princesa.

— Já vai?

— Tenho uns trabalhos para hoje. A gente se vê amanhã.

— Podia passar o dia aqui, dormir com a gente.

— Da próxima vez.

E, sem se despedir com um beijo, seguiu sozinho para o carro.

A região era cheia de árvores, mas logo apareceram as primeiras casas e a rua asfaltada. Estava cansado de tanta natureza. Queria cidade, poluição, barulho, movimento.

Naquela mesma semana, desistiu do curso. Vendeu os livros de teoria a um sebo em São Paulo, para onde voltou, reassumindo a função de repórter. Tempos depois, soube que Cássia tinha ganhado uma bolsa para estudar na Alemanha e que o marido cuidava das crianças.

Rodrigo sempre se lembra dela ao espremer uma espinha.

Sr. Nelson

Assim que saio do elevador, encontro gringos falando inglês. Ainda não me acostumei a morar aqui.

Vejo no console de madeira rústica o que mais me irrita.

— Quem foi o filho da puta que mexeu nos jornais?

Ninguém olha para mim. Falar português é um isolamento. Um jovem uniformizado me aborda.

— Está precisando de alguma coisa, sr. Nelson?

— Que bom você falar a minha língua!

O funcionário sorri.

— Vou querer o de sempre.

E me sento à mesa do bar. O rapaz conversa com o barman e logo volta com minha garrafa de uísque, a fita crepe colada com minha última marca. Abro a caderneta que trago no bolso e confiro se os desgraçados não beberam nada. Desta vez o uísque está na altura em que o deixei.

Coloco uma dose pequena e bebo para logo cuspir no chão, num jato que parece chuva fininha.

— Parem de botar água na garrafa. Vocês bebem meu uísque e depois fazem isso. Pensam que sou trouxa?

Não falam nada, será que só entendem inglês?

O rapaz vai ao bar e retorna com uma garrafa lacrada. Deixa na mesa.

— Não vou pagar por dose, seus ladrões.

O balde com gelo estava ali, abro a garrafa nova com dificuldade. Esses fabricantes não respeitam a gente. Me sirvo, emborcando um gole longo. Um bem-estar toma conta de mim.

Chega então o meu pedido. Camarão com crosta de pururuca, espaguete de palmito fresco ao perfume de pequi, *béarnaise* de erva-mate.

Pego um camarão com os dedos e como, a boca nunca antes tão boa.

Não beber de barriga vazia. Assim começo todas as minhas noites, me alimentando bem.

Logo algo me intriga.

Por que todo mundo está com roupa de banho a esta hora? Os bárbaros vão à praia à noite? Deve ser algum ritual.

Não consigo comer vendo esses velhos escrotos, barrigudos e com roupas mínimas. Velhinhas bundudas de maiôs cheios de babados.

Me levanto. Vida insuportável.

O uniformizado aparece perguntando se aconteceu alguma coisa.

Só olho as pessoas que entram e saem. Ele entende.

Leva meu prato e a bebida para outra mesa, com um vidro embaçado às minhas costas, de onde não vejo os idiotas que entram e saem, entram e saem e a porta automática que abre e fecha, abre e fecha. Daqui apenas ouço este barulho, o coração do prédio que não para de bater.

Tento comer e não consigo.

Eu o olho, ele me olha. Eu me levanto, ele se levanta.

— Otário! — xingo.

Ele me devolve o xingamento. Quando chamo um uniformizado, ele faz o mesmo.

— Aquele velho ali não me deixa comer — e aponto para ele. O outro uniformizado (o dele) me olha como se o meu inimigo estivesse falando a ele sobre mim.

— O que foi? — provoco.

Mas quem responde é o que está ao meu lado.

— Vou ver o que faço.

Então me sento de novo para comer. O outro também se acalma. E come, sempre me vigiando. Só faltava ter pedido o mesmo prato.

Tenho dó dele. É um velho. Cabelo longo e grisalho com entradas largas na testa.

O uniformizado aparece com uma toalha de mesa branca e cobre o meu inimigo.

Já não posso saborear o camarão. Levo um pedaço à boca; está frio. Empurro para longe o prato e fico apenas bebendo.

Em paz por pouco tempo.

Aproxima-se um velhinho de camisa florida, bermuda e havaianas. Todo mundo com a mania de calçar esse chinelo. Estou sempre de sapato social.

— *Do you speak English?*

— *Ô kumbalare, kumbalaloviche. Mini mini uasca. Mini mini mini uauá.*

Resquícios de uma canção que aprendi na juventude.

Isso espanta aquele homem terrível.

É quando vejo, mexendo nos jornais, um rapaz que olha pra mim. Finge que lê só para me vigiar. Filho da mãe!

Sustento um olhar duro contra ele. Não aguenta e se afasta. Mas acaba sendo pior.

Pensa que me engana dando a entender que procura algo no computador atrás de mim, só para descobrir os meus segredos.

Bato com o cabo da faca no vidro às minhas costas que divide o saguão. Ele não para. Bato mais, insistentemente. Ele faz de conta que não está acontecendo nada. As pessoas no saguão olham.

Subo heroico na cadeira, equilibrista passando pela corda entre dois prédios, e despejo o saleiro nele.

O bruto se levanta e contorna o vidro.

Que lugar insuportável!

Vem para o meu lado, reclamando.

— Por que o senhor jogou sal em mim?

— Você jogou primeiro — digo.

E volto a comer, com muita fome.

Arma-se uma pequena confusão na portaria.

A porta automática, em nova crise, abre e fecha a todo instante.

Ouço meu agressor pedir para falar com o gerente. Como rápido. A comida está deliciosa. E tomo meu uísque.

Consigo dar conta dos camarões e do espaguete a tempo.

O gerente chega.

— Sr. Nelson, algum problema?

Aviso que não pagarei as despesas. Falo ainda mastigando.

— Tudo bem — ele diz.

Este é um bom hotel. Gosto muito daqui.

O meu agressor me olha num canto do bar.

— Vamos dar uma volta — o gerente me convida, me pegando pelo braço.

É um gesto amistoso, por isso aceito.

E nos aproximamos da porta, que se abre de uma vez, nervosa.

— Está sol? — me assusto.

— São nove horas da manhã — o gerente me informa.

Descubro cheia a praia de Ipanema.

Ele vai me levar ao canal ali ao lado e me jogar lá, depois de uma facada discreta.

As pessoas educadas são as mais perversas.

Cruzamos as duas pistas da av. Delfim Moreira. Sentamos nas cadeiras do quiosque.

Peço um coco verde.

— Sabe que estou passando fome? Não consigo comer de manhã, mas à noite tento forrar o estômago antes do uisquinho — explico.

— Papai, preste atenção no que eu vou falar. O senhor não pode continuar morando no hotel. Todo dia arruma problema com um hóspede.

— Sei exatamente o que você quer. Me colocar numa clínica e se apoderar de vez do hotel. Mas de lá só saio no caixão.

Fez-se silêncio. E pude ouvir nitidamente as ondas se quebrando na areia. O mar não tem memória.

Olho para o meu único filho, e ele está chorando.

A paisagem do Rio realmente é bela. Não há quem não se emocione.

Pintado para a guerra

Acende mais um cigarro, traga fundo e sente a velha tontura. Está proibido de fumar e fuma mais do que antes, interrompendo o pequeno prazer com tosses que tenta controlar mesmo não tendo ninguém por perto. Quer manter, para si mesmo, a ilusão de alguma saúde. Já não se olha. No banheiro, tira a escova de dentes do armário, colocando a pasta, e abre a torneira para molhar as cerdas. Depois escova rapidamente os dentes pretejados pela nicotina sem cruzar com o rosto no espelho, sentindo o cheiro de cigarro nos dedos amarelos. Todo o segredo é manter-se mentalmente saudável. Mandou ajustar as calças, o colarinho das camisas ficou largo de repente e os sapatos deixam muito espaço para os pés, mas isso não o incomoda tanto quanto deparar-se com o espantalho no espelho. Quando Vânia exigiu que comprasse roupas novas, dois números menores, recusou-se a sair, para não passar na frente das vitrines que refletiam seu corpo fino e meio arcado, e os sinais de tinta no pescoço.

— Não quero ser espetáculo.

Evita olhar as pernas quando toma banho, mas percebe os

ossos ao esfregar os cambitos que antes foram musculosos e atraíam olhares.

Coloca o travesseiro sobre a cadeira da escrivaninha, para ter algum conforto. Mesmo assim ele trabalha um pouco, se levanta para acender o cigarro e vem a paz junto com a tontura. Sente alívio, põe café numa xícara suja e molha os lábios, sempre rachados depois do tratamento. Volta ao computador e tenta construir mais uma frase. Procura longe, numa região qualquer do cérebro, a palavra exata, que vai ser mudada três ou quatro vezes, e preenche mais uma linha, pensando em desertos. Sempre que começa a escrever vem a imagem de deserto, camelos, homens perdidos, o sol, areia por tudo, sede, muita sede, a sonolência, está desmaiando... Levanta-se da cadeira e se deita no sofá para dormir um instante, acordando não no deserto, mas em seu escritório, o barulho da pequena hélice do computador e a necessidade de mais algumas linhas. Começa lendo o pouco que já escreveu, corrige um ou outro termo, vai ao dicionário, volta com um sinônimo raro e conhece então o primeiro prazer da manhã. Acho que ninguém antes usou essa palavra assim. Fica contemplando o texto até que a bunda volta a doer. Daí se levanta e segue para a cozinha.

Quando abre o armário, sai um cheiro de coisas vencidas. Pacotes de bolachas abertos há dias, restos de macarrão em vários sacos plásticos, farinha de mandioca embolorada numa vasilha, tudo começado e envelhecido. A mulher sempre querendo fazer a limpeza, tirar o lixo. Sem coragem de enfrentá-lo, vai deixando que os restos se acumulem e deem à casa um odor estranho.

Para ele não são restos, mas comida. E não se joga comida fora. Os mantimentos não estragam assim tão facilmente. Para provar isso a si mesmo, pega uma bolacha de maisena de um pacote e ela se desmancha em sua boca. Já não sente sabor de nada. Pensa na mulher, a grande esbanjadora, que queria descartar bolachas tão macias.

Não estão macias, e sim amolecidas pela umidade. Ele come mais duas e dá umas bicadas no café frio, a garrafa térmica já não esquenta direito. Não podemos nos desfazer das coisas como se fôssemos ricos.

Volta ao escritório, olha os vários volumes do *Dicionário Caldas Aulete* e fica imaginando como pode haver tantas palavras na língua, acumuladas em séculos, e ele com dificuldade de escolher três ou quatro. É como na feira, pensa. Percorremos as bancas em busca de tomates. São tantas, escolhemos a que tem melhor aspecto, e quando vamos colocar os tomates no pacote não conseguimos encontrar nenhum perfeito. Este é verde demais. O outro, muito maduro. Aquele tem a maturação perfeita, mas olha ali um amassadinho. Este parecia bonito até que descobrimos uma perfuração de inseto. Deixando a sacola de plástico sobre a banca, vamos atrás de outra e também não encontramos os tomates ideais. Depois de percorrer com tédio toda a feira, voltamos com uns tomates feios na sacola e com um sentimento de engodo. Esses malditos feirantes, sempre uns ladrões.

Com as palavras também é assim. Ele as escolhe com grande esforço, depois se sente enganado. Não expressava a ideia buscada. Escrever é sempre chateação, perda de tempo, nenhum prazer. Olha para o dicionário, com aquela riqueza toda, fecha os olhos e pensa em desertos. Pensar em desertos o acalma. Deita-se um pouco no sofá. Não vai continuar o romance, de que adiantaria?, cochila, sonhando com a infância, o som de crianças brincando num tanque de água verde-escura.

A mulher chega acordando-o com o barulho da chave girada com força. Já disse tantas vezes que qualquer hora vai estourar o tambor da fechadura e daí quero ver quem ficará com o prejuízo. Ouve o rumor de sacolas de plástico e o bater de portas no armário. Ela não foi ao mercado na sexta? O que tinha que fazer lá hoje? Quando era ele quem cuidava das compras, não havia esse desperdício. Levanta-se e, com a desculpa de fumar mais um cigarro, chega à cozinha.

— O que você comprou?

— Só umas coisas que estavam faltando.

Ele olha o tíquete do mercado na pedra da pia, um montinho dobrado de papel, e calcula que foram mais de trinta itens. Abre a gaveta da pia e pega o fósforo, acende o cigarro e fuma com avidez. Bate a cinza na xícara suja, sem coragem de voltar ao escritório para pegar o cinzeiro de plástico, brinde do posto, que Vânia não deixa ficar em outra parte da casa.

— Conseguiu avançar no livro?

— Um pouco.

— Faltam quantos capítulos?

— Muitos. Mas dou conta. Já fiz isso outras vezes, quando tinha menos tempo.

Ela corta legumes para o almoço, ele vai para a sala e liga a tevê. Está na hora do noticiário de esportes, mas dorme antes do primeiro intervalo comercial.

Acorda com o barulho de talheres sendo colocados na mesa. O almoço já? Não tem vontade. Olha, sem entusiasmo, a comida nas travessas velhas herdadas de sua mãe. Nenhum desejo. A vida tinha perdido o sabor; talvez nunca mais voltasse a sentir o gosto de uma verdura ou de um arroz branco soltando o cheiro de grãos queimados. Vai à geladeira e pega o resto de uma dobradinha comprada num restaurante no dia anterior. Súbito tinha sentido vontade de comer, de comer dobradinha, e saíra para buscar uma porção. Só ele comeu, comeu com boca boa, como se isso ainda lhe desse prazer. Tinha sobrado mais da metade. Agora está esquentando os restos, sem o desejo do dia anterior, mas sabendo que ela desceria melhor do que o filé de frango, os legumes frescos e o creme de milho verde que o aguardam na mesa.

Retorna com a dobradinha no prato, rega fartamente com azeite, acrescenta mais sal e começa a tomar, em colheradas transbordantes, aquela comida forte, evitando olhar para a mulher, que corta um pedaço de frango com o barulho irritante da faca contra o fundo do prato. Ela logo termina a refeição e vai retirando as louças. Ele não consegue comer tudo, acende um cigarro para pensar no livro.

Escrever também não tem mais sabor. Para quê? Para se sentir justificado? Vaidade, tudo é vaidade, e escrever é a vaidade das vaidades. Ele não escreve como quem cozinha um arroz fresquinho, branco e solto. Escreve como quem requenta uma dobradinha suspeita. Valeria a pena mais um livro? Não seria o grande romance, jamais escreveria o grande romance, o grande romance não pode ser escrito por quem nasceu e passou a vida inteira nesta cidade, isso é coisa para quem mora em Nova York, em Londres, em Paris ou no mínimo no Rio. Não falava nenhuma língua, não tinha terminado a faculdade, o único país que conhecera fora o Peru — numa viagem de trem, logo no começo do casamento, quando Vânia ainda o amava. Agora quase não se falam, ela não suporta mais sua cara, sua voz, sua falta de apetite. Nunca ouviu nada dela, sempre quieta, mas sente a repulsa em seu olhar.

Terminado o cigarro, tem que fazer alguma coisa. Vai ao banheiro, enche a boca de água várias vezes e cospe na pia. Os detritos da refeição mancham a louça, ele deixa a água da torneira escorrer, dirigindo o jato com a mão, limpando as bordas. É bom não sentir os restos na boca. Coloca pasta nas cerdas gastas e escova os dentes com calma, ouvindo a movimentação na cozinha. Vânia deve estar jogando os restos de comida e colocando os pratos na máquina.

Decide na hora que não continuará o tratamento. Embebe a toalha com álcool, tira a camisa e limpa cuidadosamente os riscos vermelhos no pescoço e no peito. Ele se sente um índio pintado para a guerra que não ocorreu. Põe a camisa e segue para o escritório.

O computador está ligado. Tem que terminar o livro. Depois de vários minutos diante da tela, arrisca uma frase nova, não com a segurança de quem escreve num ritmo decidido, mas pesando cada termo, sofrendo com cada letra escolhida no teclado. Nunca terminará a história. Precisaria viver mais dois ou três anos, e sabe que lhe restam apenas uns poucos meses de puro cansaço. Quantos? Não importa. Está no fim. Poderia desistir do romance, não vai adiantar nada, não estará mais aqui quando ele sair, se é que será publicado.

Imagina o livro pronto, mas não tem coragem de seguir em frente. Escreve uma única frase. Meu Deus, já são cinco horas. Levantar-se, limpar o cinzeiro, fazer alguma coisa. Fica em pé na frente da estante. Lá estão os livros que contam. Olha para a obra completa de Machado de Assis. Ele não deixará uma obra, apenas uns livrinhos magros, frases curtas, parágrafos de duas ou três linhas, margem larga. Inspeciona a prateleira; como eles conseguiram escrever coisas de trezentas páginas? Encontra então uma coletânea de Valério Chaves. Este é um imbecil, e agora em uma grande editora, livro de capa dura, resenhas nos melhores jornais. Valério não passa de um idiota que nunca vamos levar a sério.

Volta ao computador decidido a escrever. Não pode parar. Sempre foi a promessa, o melhor texto da cidade, mas sem o grande livro. Os curitibanos não escrevem textos longos. Concisão. Os curitibanos não escrevem. Os curitibanos. Não confirmará a regra. Relê as linhas escritas e troca algumas palavras. Pensa então na merda de literatura do Valério. Como pode?

Levanta e pega o volume que o atrapalha. Não escrevo porque ele está aqui me vigiando. Põe o livro de Valério no cesto de lixo da cozinha. Volta ao escritório e observa a estante. Todos os livros estão olhando para ele, todos zombam de sua incapacidade. São inimigos, espiões. Começa a virar os livros, deixando a lombada para o fundo. Pega vários de uma vez e vira. Em meia hora, o serviço está feito. Matou todos os livros.

E logo consegue terminar a página. Vai reler, mas não tem força. Tosse. Ergue-se para um café, depois retorna e imprime o novo trecho. Aquelas palavras são suas, não as roubou de ninguém. Custaram caro. Escrever custa caro. E não rende nada. Só este prazer de ver a página impressa e de sentir que ela é sua, de mais ninguém.

Deita-se no sofá e dorme. No sonho, ele é um menino que sobe numa mangueira cheia de folhas escuras com uma única manga, imensa e amarela. Tenta apanhar a manga e, por mais esforço que faça, nunca chega ao lugar em que ela está, embora pareça ao alcance de sua mão.

Acorda com o barulho da tevê na sala. Vânia já voltou. Ele não quer sair do escritório. Mas não resiste. Ao encontrar a mulher, vê que ela foi ao cabeleireiro.

— Você não tinha tingido o cabelo na semana passada?

— Faz mais de quinze dias. E estava na hora de cortar.

— E eu morrendo.

— Quer que eu morra junto?

— Pelo menos economize.

— Economizei a vida toda.

— Vai acabar viúva pobre; pobre e desamparada.

— Sempre fui pobre.

— Não fala uma besteira dessa. Você não sabe o que é pobreza.

Ele segue para a cozinha, descasca uma banana e a come

em pé, diante da pia, apagando em seguida todas as luzes. Depois da doença tinha aumentado o consumo de energia. Horas de insônia, ele o tempo todo em casa. Precisava controlar os gastos.

Assistindo à televisão no escuro, aproxima-se de Vânia, que permanece com o corpo duro no canto do sofá. Depois de cochilar algumas vezes, acorda com um programa de entrevistas.

— Puta merda. Não pode ser.

— O que foi?

— Olha lá, a besta do Valério vai ser entrevistada pelo Jô Soares.

Valério veste suas roupas antiquadas, óculos dos anos 1960. A cara de velho libidinoso. Cabeleira branca e alvoroçada. E só gagueja. Vânia pega o controle para aumentar o volume. Ele se levanta e toma o rumo da cama.

Logo Vânia está com ele.

— Você sabia que o Valério está com Parkinson? — ele pergunta.

— Você tinha me falado.

— Doença que mata rápido.

— Hoje há tratamentos que retardam a degeneração.

— Não acredito. Em pouco tempo…

— Valério não está tremendo tanto. Deve ter descoberto no começo.

— Está morrendo. Viu como gaguejava na hora de falar?

— Ele sempre gaguejou.

— Mas agora está gaguejando mais.

Como não quer irritar o marido, Vânia diz que talvez ele tenha razão.

Ele se vira, abraça-a e, pela primeira vez desde que descobriu o tumor, dorme rapidamente.

II

Mundo móvel

Uma cidade não foi feita para ser deixada, dizia Francisco Fracasso. O menino ouviu isso muitas vezes em sua infância. Depois acompanhou o fim do avô, em sua recusa de procurar médicos, morrendo no mesmo lugar em que nascera, enterrado no velho cemitério onde descansavam várias gerações de sua família, misturando seus ossos aos de gente sem nome. No túmulo, apenas a primeira letra do sobrenome: Jazigo da Família F — as demais haviam caído ou a inscrição nunca fora completada por algum motivo incógnito.

André não sabia de nada. Nem de parentes morando em outros lugares. Nunca falavam em viagens, os Fracasso vinham vivendo imemorialmente na cidade feia, montanhosa, úmida e de ruas estreitas. Ela tinha todos os defeitos que um cidadão pode encontrar em uma cidade, mas era ali que haviam escolhido viver.

— Quem havia escolhido? — André perguntou ao pai.

— Os fundadores — respondeu ele, continuando seu discurso sobre a necessidade de jamais, jamais abandonar o posto.

Estavam então em guerra? Contra quem ele nunca soube,

mas ouvia o pai repetir jamais abandonar o posto, nem depois de morto. Até a sua geração, essa vinha sendo a regra.

André conhecia poucas histórias. Tentou saber como era o nome de seu bisavô. Se tinha irmãos. Qual o nome da avó ou da própria mulher de seu pai, Prudente Fracasso.

— As mulheres nunca compreenderam — disse o pai.

— Compreenderam o quê?

— O destino.

André teve que se acostumar com as poucas palavras. A infância inteira naquela casa de tijolos grossos, telhado torto, quartos vazios e paredes roídas pelo silêncio. Apenas o pai e o avô nas escuras cadeiras de balanço nas duas extremidades da sala, olhando para a porta, aberta dia e noite. Ele cresceu sem a presença de mulheres, sem ir à escola; o avô o ensinou a ler nos jornais usados como papel de embrulho.

— Quem sabe ler já aprendeu tudo — decretava.

Quando o avô morreu, Prudente passou para a cadeira paterna e disse para André se sentar na que ele desocupara. Até então o filho não tinha um lugar seu na casa, podia dormir em qualquer canto, sobre um acolchoado que servia de cama. Conhecia todos os cômodos, mas nunca encontrou nenhuma foto, nenhum escrito. A casa tão vazia e ao mesmo tempo tão cheia. Sentia o ar espesso, sendo por isso mais difícil se mover ali dentro do que no quintal, onde até correr era possível.

Agora possuía sua cadeira, podia conversar como um igual.

— Gostaria de saber o nome dos antepassados.

— Nomes não servem pra nada.

No resto do dia, não se falaram mais. A noite trouxe um cheiro de ervas do quintal, André ouvia os passos na rua e muitos risos, vozes jovens. Nunca fora além do cemitério, e, pelo pai, ele não teria nem brincado nas árvores domésticas.

— Nosso lugar é nesta sala.

Depois veio o silêncio da noite alta. Foi a primeira vez que André passou a noite sem dormir. Ao amanhecer, o pai se levantou e veio com uma caneca de café, um pedaço de pão e um queijo. Comeram em silêncio.

— O senhor nunca deixou a cidade?

— Uma cidade não foi feita para ser deixada — ele repetiu, com a mesma entonação do velho Francisco.

Pegou um pedaço de jornal que estava jogado no canto, desamassou e passou para André, que sentiu o cheiro das bananas que vieram embrulhadas nele. Ficou lendo coisas que não entendia, guerra em lugares cujo nome nem sequer sabia pronunciar.

— Onde fica essa cidade que bombardearam?

— No mundo — respondeu o pai sem tirar os olhos da porta.

— Não se atreva a sair da cadeira — ameaçou Prudente.

O filho não respondeu. Viu o pai já na porta. Daqui para a frente, uma vez por semana, ele ficaria meia hora longe de casa, depois voltaria com embrulhos de comida. Antes o provimento era obrigação do avô.

De onde vinha o dinheiro? Não adiantava perguntar, talvez um dia o pai dissesse. Viver era ter paciência. Pelos jornais, viu que muitas pessoas tinham que trabalhar. Eles deviam compreender ainda menos.

No domingo — sabia que era domingo por causa do movimento na igreja —, o pai cruzava a rua até o cemitério para visitar o jazigo. Depois era a vez de André fazer a mesma viagem. O cemitério, que ficava em frente, se enchia de visitantes uma vez por ano. A porta da casa era então fechada até chegar a noite.

— Por que as pessoas deixam para vir no mesmo dia?

— Os vivos não entendem os mortos.

André sentiu vontade de gritar que ele também não entendia, mas ficou com medo. Cada resposta um enigma, por isso o silêncio após os breves diálogos.

— Como se chama esse dia em que todos vêm ao cemitério?

— Para eles, Finados.

— E para nós?

— Feriado.

Em seu primeiro dia de Finados como guardião, André pôde sair da cadeira e andar pela casa, mas não encontrou nenhum interesse nos cômodos. Havia vazio demais naquela casa, quantos anos ele levaria para saber tudo? Se ela já era tão complexa, como seria o mundo? Teve certeza de que o mundo não era o que passava além da porta — pessoas, carros, animais. O mundo existia inteiro naquela casa. Quando começou a escurecer, ouviu o barulho da porta sendo aberta e voltou à sua cadeira.

Olhar a vida de uma cadeira, sem nenhuma vidraça, nem mesmo uma paisagem entrevista pela fresta da porta. Embora sempre aberta, a passagem dava para uma parede, e da rua chegavam apenas sons fracos, pois o quintal era grande e cheio de árvores. Em alguns dias, ouvia xingamentos que pareciam destinados a eles.

Não era ainda época de André sair para os mínimos compromissos, esperaria muitos anos, treinando o silêncio e a solidão, para não ceder ao fascínio do mundo.

— Quem disse que só se vive no mundo? — falou Prudente, com o objetivo de (como não?, era o papel dele) ensinar o filho.

— O mundo também tem um dentro, não tem?

André ficava em silêncio, ouvindo as frases soltas, um homem escuta tudo e só ouve o que quer, ele pensava, o corpo inclinado para a esquerda, apoiando-se no braço da cadeira, uma cadeira maior do que ele. Sentado ali, tinha a sensação de que os antepassados foram homens imensos, quase gigantes. A casa era alta. Eles teriam encolhido?

— Um jovem precisa de companhia — disse André.

— Você não tira o tempo do tempo — resmungou o pai.

Tudo ali era tempo, nada espaço. Um tempo pacificado, em que as coisas aconteciam sem de fato acontecer. Não havia dia nem noite, não havia cama, apenas as cadeiras, a espera. Eles cochilavam alguns momentos, sentiam as pernas doendo, levantavam-se para uns poucos exercícios e voltavam à mesma posição.

— O tempo das fêmeas é breve — disse Prudente.

André se espreguiçou e mudou a posição do corpo, fingindo indiferença. Passaram-se vários minutos. Ou horas.

— Tudo é breve para quem se move — dizia seu avô.

Era verão, as cigarras cantavam na tarde quente. Também elas eram breves, não tinham que esperar muito para virar vazio.

— Mulher não suporta o sem nada do tempo.

Prudente passou meses criando variações dessas frases. André ouvia, tentando compreender. Quando uma frase revelava seu conteúdo, chegava outra; e pensar ia ficando uma coisa que não cabia em suas horas nem em sua cabeça. Então deixava o pai falar e olhava as manchas na parede.

— O homem não entra no tempo.

Contemplar manchas era uma forma de fugir. Quando chegaria a hora? Tentava fazer contas, mas não tinha como marcar o tempo.

— O tempo não tem a parte de dentro.

Aos domingos, André seguia mulheres no cemitério. Passava perto delas, sentia seu cheiro. Eram estranhas, tinham perfume de plantas — ele fedia; embora se lavasse uma vez por semana, sempre usava as mesmas roupas. Quando ficavam sujas demais, o pai aparecia com outras e então tomavam banho no bacião, com a água tirada do poço.

André sonhava com moças, reclinado em sua cadeira de madeira polida e couro envelhecido e abaulado por corpos maiores que o seu.

— O homem tenta entrar no tempo. Mas só quando ele fica de fora é que está dentro.

André pensou na morte de Francisco Fracasso. Era o túmulo dele que lhe dava os poucos contatos com o mundo. E o mundo eram as mulheres, elas conversavam, mas tão rápido que ele não entendia. Havia outros homens com elas, algumas eram velhas, mas todas queriam deixar logo o cemitério.

Em um domingo escuro de chuva, uma mulher olhou para ele, não disse nada, deitou-se no túmulo da família e ergueu o vestido. Ele sabia o que fazer, mas não sabia o que dizer.

— Todo homem quer entrar no tempo — repetiu uma das falas de Prudente.

Ela não disse nada. Depois foram os dois para a casa dele.

— Escolha um quarto, mas nunca venha à sala nem abra as janelas — ordenou Prudente.

— Por quê? — ela quis saber.

— Janelas são um erro.

André tinha se sentado, olhava o corpo de Leda. Mulher era espaço. Ele apontou a ela o corredor e passou a procurá-la todas as tardes. Levava comida e água, encontrando-a sobre o acolchoado que fora seu. Leda recebia os alimentos e a ração de sexo.

— Só fico porque não tenho pra onde ir.

— Nunca existiu o pra-onde-ir.

— Então como cheguei?

— Você sempre esteve.

Eles se beijavam antes de André se reinstalar na cadeira, e ele voltava com odor de fêmea sob as unhas.

Prudente não tirava os olhos da porta. Para ele, nada se movia, nenhuma folha. O silêncio grudava na pele das pessoas, pensou André, era elástico, crescia, sufocando quem o aceitara.

— O senhor também sentia, pai?

Não soube quanto tempo esperou pela resposta.

— Numa mulher, a gente entra e logo sai. Não é como uma casa, em que se fica.

Uma tarde, Leda disse:

— Teremos um filho. Se for mulher, vai se chamar Aurora.

— Aqui não nascem mulheres.

Ela então chorou e disse que partiria.

— Agora você tem pra onde? — ele quis saber, irônico.

Ela se levantou e abriu a janela do quarto com cuidado, para não fazer barulho. Mostrou o pôr do sol na montanha.

— Depois daquele morro há uma vila, acho que meus pais ainda vivem e vão querer uma neta.

Quando André voltou para a sala, ouviu a repreensão.

— Você tem cheiro de vento.

— Leda vai ter bebê.

— Já era mais do que tempo.

Por que o tempo, sempre o tempo? André estava cansado do tempo, queria o espaço. Uma mulher é uma cidade, pensou.

Passou a noite meditando sobre o que era uma mulher. Talvez intuindo suas divagações, Prudente falou.

— Túnel.

— O quê?

— Uma mulher é um túnel que não pode ser cruzado. Você tem que voltar sobre o próprio rastro.

Na outra tarde, André procurou Leda e encontrou o quarto vazio. Não tinha ouvido ruídos na casa, não sentira cheiro de comida, o barulho do arrastar de chinelos no assoalho coberto de terra. A janela ficara apenas encostada. Pela primeira vez na vida de adulto, correu pela casa, encontrando o pai em paz.

— Não existe a mulher, somente mulheres.

— Eu amava Leda.

Ouviu o mesmo silêncio de sempre. Voltou ao quarto, passou pela cozinha e saiu pela porta vigiada durante todos aqueles anos. O pai não disse nada, olhava o vazio, como se o filho nunca tivesse estado ali. Como se o próprio mundo houvesse desaparecido.

Na rua, André sabia para onde ir, lá onde morria o sol. Uma mulher era estrada. Aventura. Coração disparado. Vontades. Era tudo que existia no dentro do homem. Mas logo descobriu que era também bolha nos pés, dor nas costas, cansaço, fome. Por mais que andasse, não chegava ao monte. Deitou sob uma árvore, sofrendo o vento e a incerteza de tantas estrelas.

— Agora entendo a serventia da casa. — Disse isso em voz alta e dormiu.

Na outra manhã, viu que a estrada continuava, mas resolveu voltar. Sua cidade estava tão perto, no máximo a uma hora de viagem. Mas caminhou um dia inteiro e, chegando ao subúrbio, encontrou tudo muito estranho.

— Como é o nome desta cidade? — perguntou a uma mulher na janela.

— Loah.

— Acho que me perdi. Procuro a cidade de...

Lembrou-se que não sabia o nome de sua cidade.

— ... uma cidade que tem um cemitério.

— Toda cidade tem um cemitério — a mulher disse, fechando a janela.

André partiu à noite e enxergou luzes não muito longe dali. Era lá a sua cidade. Tinha tomado uma bifurcação. Caminhou guiado pelas luzes e quando entrou no pequeno vilarejo era madrugada. Perguntou ao padeiro onde ficava o cemitério.

— No final da rua.

O homem respondeu enquanto carregava a carroça com cestos de pães. André tinha fome. Recebeu um pão e seguiu roendo-o até o cemitério, onde tudo era diferente. Perguntou a uma velha se ela conhecia o cemitério onde estava o Jazigo da Família F. Ela apenas mexeu negativamente a cabeça.

Ele então continuou andando.

Cheiro de grama cortada

Chegando em casa, no fim da tarde, eu via a calcinha dela pendurada num varal próximo do corredor por onde tínhamos de passar. Eram peças pequenas e de cores quentes, detalhes que me deixavam levemente excitado. Eu vencia o entusiasmo, comentando com minha mãe.

— A Maria não se cansa de fazer propaganda de si mesma.

Fora esses momentos em que encontrava tremulando no varal essas bandeirinhas, não me interessava por ela. Nos meus dezessete anos cheios de sonhos e de arrogância, esperava a mulher ideal. A ela entregaria meu corpo e minha alma, condição para a primeira noite de amor. Ao contrário de mim, um ano mais novo, meu irmão já conhecia todas as variações do outro sexo, das meninas de sua idade a madonas com vastas mechas brancas — naquela época, em nossa cidade, só as mulheres mais devassas pintavam o cabelo.

Da minha parte, eu me guardava. Em casa depois de uma tarde de trabalho na firma comercial, tomava banho gelado, mesmo no início do inverno, vestia um pijama que minha mãe mantinha sempre limpo e bem passado no velho guarda-roupa, jantava alguma coisa leve e me trancava no quarto com meus livros. Eu estava na idade das festas, de amanhecer na rua e voltar com cheiro de mulher, cigarro e bebida, mas não seguia a rotina de meu irmão. Por conta dessa diferença, quase não nos víamos. Desde um desentendimento sobre o uso comum de roupas, paramos de conversar. Agora, quando tudo é coisa passada, posso confessar que ele foi a pessoa que mais odiei naqueles anos, apesar das súplicas da mãe, que me pedia para perdoá-lo, éramos tudo que lhe restara, a vida já está difícil demais sem esses conflitos.

Sou filho de seu primeiro marido, que a abandonara logo que nasci. Sem aprender a lição, ela havia arranjado um amante que prometia cuidar de nós, e tudo que fez foi engravidar minha mãe de novo. Assim surgiu a sua família, e ela não queria mais desamor. Mas eu não suportava os olhos devassos de meu irmão, que me faziam recordar a história toda.

Em algumas manhãs, acordava com o ranger de nosso beliche. Como dormia na parte de cima, não tinha visto a hora em que Luís chegara, mas era acordado por uma mexeção na cama. Ele estava se entendendo lá com o próprio sexo, e, quando a coisa se aquietava, subia até minhas narinas um cheiro de mato. Como ele logo voltava a dormir, não sei onde se limpava. Devia ser na meia enfiada nos pés do sapato sob a cama, única peça de roupa que ele fazia questão de lavar, na pia do banheiro, assim que se levantava.

Seguiríamos rumos diferentes. Ele repetiria a sina disseminadora do pai, mas eu procurava outra vida. Talvez por isso não saísse à noite, para não o encontrar. Ele trabalhava no comércio e tinha parado os estudos. Eu continuava estudando e me tornei datilógrafo para poder viver mais perto das palavras, mesmo que fosse das palavras comerciais. Tinha comprado uma máquina usada e, em casa, gostava de escrever coisas que eu não sabia bem o que eram. A mãe via tevê na cozinha, enquanto cuidava do serviço e fumava seus cigarros sem filtro, sofrendo agora apenas com as desilusões amorosas das personagens da novela. Luís fazia sua peregrinação noturna. Era assim a família, cada um isolado, apesar da proximidade física de quem dividia uma edícula alugada. Nos últimos dois anos, eu não tinha conversado com meu irmão, mesmo dividindo o beliche.

Ao contrário de mim, ele recebia um bom salário e podia dar algum dinheiro à nossa mãe, dinheiro que ela me repassava sem revelar a origem. Só soube disso bem depois. Eu não queria nada que fosse dos outros.

Por isso Maria não me interessava. Ela morava na casa da frente, tinha duas filhas pequenas e um marido entregue à bebida. Poderia passar por uma mulher bonita se não fosse baixinha demais, com um rosto acentuadamente redondo e uma barriguinha saliente. Entrara já havia algum tempo na casa dos trinta, o que para mim era a mesma coisa que ter setenta anos. Nos meus sonhos, eu me imaginava ao lado de uma menina magra, com a qual andaria abraçado pelos corredores de alguma faculdade de direito.

Morando nos fundos, tinha que passar pela casa de Maria para chegar à rua. E encontrava às vezes uma de suas filhas brincando na varanda. Cumprimentava eventualmente o marido. Enfim, um convívio sem maior intimidade. A mãe, sim, sempre estava visitando a amiga e me contava que esse ou aquele homem procurava Maria quando Alexandre ia para os bares. Gostaria que minha mãe não frequentasse a vizinha, mas não podia proibir essa pequena distração a quem gastava o dia costurando roupas para as freguesas. No entanto, pedia que ela não comentasse nada comigo. Não saber da vida de Maria era uma forma de anular aquele mundo.

Só me intrigava, em algumas tardes, eu encontrar no varal,

onde não havia mais nenhuma peça, a calcinha recém-lavada. Quando eu ia chegando, fazia uma aposta comigo mesmo. Hoje tem calcinha. Ou: hoje não tem calcinha. Não havia regularidade. Eu poderia ficar uma semana sem encontrar aquelas bandeirolas. E numa mesma semana elas podiam aparecer quatro ou cinco vezes. Aquilo tinha se transformado num jogo.

E, como em qualquer jogo, eu gostava de ganhar. O problema é que estava fazendo a mesma aposta. Hoje teremos calcinha no varal. E apressava o passo para chegar logo em casa. E ainda tentava adivinhar a cor. Hoje teremos calcinha vermelha. E, quando encontrava o varal nu, eu me frustrava.

Depois de uma semana sem ganhar, encontrei uma peça preta. A tarde estava morrendo, não havia ninguém no quintal, e eu saíra vencedor. Merecia o prêmio. Estiquei o corpo sobre os balaústres, puxei a calcinha, fazendo os pregadores espirrarem longe, e enfiei a peça ainda úmida dentro da minha calça, sentindo algo crescer. Minha boca ficou seca, o coração disparou e entrei em casa quase correndo. A mãe preparava o jantar, mas mal falei com ela. Trancado no quarto, tirei toda a roupa, menos a cueca, e me deitei de bruços, friccionando a virilha contra o colchão até sentir uma umidade espessa e o cheiro de grama cortada.

Passei uns minutos em silêncio. Então me levantei da cama do Luís, não tinha tido tempo de subir na minha, e retirei o tecido embolado de dentro da cueca. Não sabia o que fazer com ele. Jogar no lixo? Queimar? Guardar de recordação? Qualquer coisa seria mais sensata do que devolver ao varal. Depois de me vestir sem tomar banho, voltei ao quintal e, aproveitando a solidão da noite, joguei a calcinha no chão, sob o varal, para dar a impressão de que o vento a desprendera.

Desde então, fiquei completamente preso a todo movimento de Maria. Nos dias seguintes, no entanto, não teve calcinha. Eu me encontrei com ela numa tarde e, contra meus hábitos, parei para conversar. As filhas estavam vendo tevê e Alexandre ainda não chegara. Falei qualquer coisa sobre o vento, sabendo que esse assunto banal poderia denunciar meu delito. Ela não deu atenção, reclamou do marido, sempre bebendo.

Eu me despedi e entrei em casa, com medo do que poderia acontecer. Sequestrar uma calcinha por uns minutos era uma coisa; agora, me atirar nos braços daquela mulher seria um equívoco muito grande.

Esse encontro serviu para eu desistir do jogo. Comecei a retardar meu regresso e, quando entrava no quintal, mal conseguia me orientar na noite escura. Eu olhava a luz da porta da cozinha da nossa casa e seguia cego para ela. Chegar logo, tomar a sopa que a mãe havia preparado e, depois de um banho, ficar na cama lendo — era tudo o que eu queria.

— Banho depois da comida dá congestão — minha mãe dizia.

Sem me importar com isso, pegava minha toalha pendurada no prego atrás da porta do quarto e ia ao banheiro. Tirava a roupa rapidamente, atirando as peças no cesto de vime, ligava o chuveiro e começava a me ensaboar. Primeiro a cabeça. No lugar do xampu usávamos sabão de coco, e o seu cheiro ardido me embrulhava o estômago. Depois de lavar o cabelo, ensaboava longamente os sovacos e o sexo. Quando menos percebia, eu tinha algo duro e liso na mão. Continuava esfregando, agora com raiva. Havia uma sujeira profunda ali; era preciso limpar. Depois me lembrava de Maria. Não, na verdade não era de Maria, mas da roupa íntima dela. E o movimento ficava mais intenso, eu começava a sentir um ardume no canal da urina, por conta da espuma do sabão que entrava por ali. Mas não parava. Não conseguia. Havia o corpo de uma mulher. Seus lábios. Um cheiro enjoativo de grama invadindo tudo. Eu continuava me maltratando. A água quente queimava minhas costas, e eu cada vez mais vergado sobre mim mesmo. Olhava a glande arroxeada e, no meio da espuma, via sua boquinha aberta. Eu fazia isso por amor a uma mulher. Dava essa justificativa para enobrecer um pouco a coisa. Mas eu não sentia amor por Maria. Queria apenas seu corpo. Um corpo que nem era bonito. Eu me entregava a uma senhora. Isso também tinha a sua beleza: um jovem fascinado pelo corpo maduro da mãe de duas filhas. Uma mulher que não experimentava o prazer com o marido. Precisava dos meninos em flor. Eu era agora um dos meninos dela. Sentia as veias latejando em minha mão. Aquilo chegara a seu volume máximo. Nem mesmo podia dizer que era a lembrança de Maria que me alucinava. Eu só conhecia seu cheiro. Um cheiro ácido, misturado ao perfume barato de sabonete. Porque a calcinha que eu tivera colada ao meu pau era lavada no chuveiro depois do banho, restando sozinha no varal no final da tarde. Eu não amava uma mulher, mas um pedaço de tecido. Mas essa limitação não me atrapalhava, deixando-me até mais excitado, e logo eu estava vendo uma gosma branca escorrer pelo ralo do banheiro.

Saía vermelho do banho, por conta da água quente e do esforço de tirar prazer do pouco que eu conhecia sobre sexo.

Meu irmão continuava se encontrando com todas as mulheres disponíveis. Eu poderia fazer o mesmo, mas era tímido demais para abordar as poucas meninas com quem convivia. Então, eu me dedicava mais aos livros. Na livraria do centro, onde ninguém me conhecia, comecei a comprar obras pornográficas. Foi nesse período que li *As aventuras de um jovem Don Juan*, de Apollinaire. Um livrinho curto, que eu devorei ao ritmo de uma punheta por noite — agora no quarto, deitado em minha própria cama, e algumas vezes depois de ter me aliviado sob o chuveiro. Eu era um tímido Don Juan. Um Don Juan sem mulheres, que devia bastar a si mesmo.

Numa de minhas chegadas noturnas — eu fugia de Maria,

mesmo me dedicando completamente a ela —, quando havia uma lua clara, vi uma calcinha branca no varal. Estava tão solitária que resolvi levá-la comigo. Entrei em casa com pressa, só cumprimentei a mãe, recusando o jantar que esperava nas panelas sobre o fogão, isolando-me no quarto. Coloquei a calcinha sob o travesseiro e me saciei. Tinha criado uma técnica. Com a mão direita estrangulava o inimigo, fazendo com que ele vertesse seu líquido na concha da mão esquerda, que ficava esperando pacientemente o jato. Depois, usando apenas a mão direita, eu recompunha minha roupa, fechava a palma esquerda e seguia para o banheiro.

No dia seguinte, depois de um banho matinal para me despertar, quando derrubei a toalha em que me enrolara, tive um impulso inusitado. Não escolhi uma cueca no guarda-roupa. Fui à minha cama, com cuidado para não acordar meu irmão, peguei a calcinha de Maria, voltei ao guarda-roupa, retirei algumas peças e fui me trocar no banheiro.

Saí de casa excitado, sentindo o contato dos fundilhos da calcinha. Era como se eu estivesse fazendo sexo na rua. Lá iam o menino e sua amante. Na escola, mal aguentei a hora do intervalo. Achava que a coisa podia explodir a qualquer momento. E seria constrangedor me levantar com a mancha úmida na frente da calça. Quando o sinal tocou, fui correndo ao banheiro e me fechei no reservado. Abaixei a calça, tirei pela lateral aquela coisa imensa e roxa, que ficava meio exposta por conta do tamanho mínimo da calcinha, e o jorro veio, manchando a parede de azulejos encardidos, onde reinavam recados obscenos. Mesmo depois disso, voltei para a sala com um volume incômodo na calça.

Trabalhei a tarde toda assim, reescrevendo várias vezes as cartas comerciais. Errava ao datilografar as coisas mais simples. Meu chefe ficou irritado, perguntando-me o que estava acontecendo.

À noite, encontrei Maria na cozinha de nossa casa. Ela conversava com minha mãe. Mal cumprimentei as duas, e a mãe perguntou se eu tinha visto algum moleque no quintal.

— Como podia ter visto? Passo o dia fora — resmunguei.

— É que andam sumindo roupas do varal da Maria.

Quase não ouvi essa frase, já estava no quarto, fechando a porta atrás de mim. No dia seguinte, saí com a calcinha embrulhada em uma sacola plástica e a joguei num terreno abandonado. Ela tinha perdido o poder. Desde o encontro da noite, ela era apenas um pedaço de pano que me lembrava da imundície humana.

Nesse período, Luís entrou em férias. Passava o dia todo dormindo para sair à noite, nunca antes de minha mãe e eu irmos dormir. Ele ficava no quarto, lendo revistas, empurrando-me para a cozinha, onde tínhamos a tevê. Eu então via novela com minha mãe, procurando me distrair de meus problemas. Não suportava meu irmão, que estava cada dia mais parecido comigo. Tudo seria mais fácil se puxasse ao pai dele, mas ali estavam o mesmo nariz meu, os mesmos fios de barba, o jeito idêntico de arrastar os chinelos pela casa, a velha mania de não enxugar as costas ao sair do banheiro. Éramos muito parecidos. E isso me incomodava.

Sentados à mesa das refeições, em cadeiras duras, minha mãe e eu gastávamos, diante da tevê, as horas antes do sono. Quase não nos falávamos, mas ela sempre conversava com os atores das novelas, dava conselhos, revoltava-se com as injustiças, avisava-os de algo que ia acontecer. Isso já não me incomodava, era a forma que ela encontrara de participar do mundo. Estava sendo a mãe zelosa também nesses momentos. Desligada a tevê, eu tinha que enfrentar a presença insone de Luís em meu quarto. Sem trocarmos nem ao menos um olhar, eu subia ao beliche, tentando dormir com a luz acesa. Ele permaneceria mais tempo pelo quarto, procurando roupa, penteando o cabelo, engraxando o sapato.

Quando apagava a luz, eu já não conseguia dormir. Ficaria me virando na cama até embolar o lençol sob o corpo e ver as primeiras luzes da manhã, momento em que Luís retornava, atirando-se no colchão para desmaiar no mesmo instante. Eu seguia para a escola cansado, depois teria que passar a tarde bebendo café de cinco em cinco minutos para não cometer muita besteira ao datilografar as cartas.

Não me encontrara mais com Maria. E, sem que eu perguntasse por ela, uma noite a mãe contou que nossa vizinha tinha deixado as crianças com uma irmã, estava agora só cuidando do Alexandre, internado por alcoolismo. Passava o dia no hospital. Tinha lá os defeitos dela, mas era uma pessoa atenciosa com o marido, poucas esposas tratavam, sem reclamar, de um bêbado.

Desde então, eu percorria lentamente o pequeno trajeto da entrada até nossa casa fazendo o máximo de barulho. Batia o portão de ferro. Pisava firme o chão coberto de brita, produzindo um ranger contínuo. Tossia. Mas encontrava sempre a casa dela com as luzes apagadas. Atrasava-me mais, ficando pelo centro, tudo para me encontrar com Maria na chegada.

Fazia isso já sem esperanças. Ela deve ter descoberto quem era o ladrão de roupas no varal. Numa das vitrines do centro, vi diversas calcinhas provocantes. Se não fosse tão tímido, poderia comprar algumas e deixar penduradas no varal dela. Ou guardar comigo para as horas solitárias. Não faria nada disso, pois nem tinha coragem de parar na frente das lojas de roupas íntimas, apenas cobiçava a distância.

Nessas caminhadas, cruzava com prostitutas e já estava pensando em pegar uma delas, embora também faltasse coragem. Eu voltava sempre com a visão de alguma mulher que me interessara, uma visão que ia se alterando até ganhar o rosto redondo de Maria. No caminho para casa, depois de ter desejado uma dessas putas, não aguentei e pronunciei para mim mesmo:

— Maria!

Apertei o passo e entrei no portão com pressa mas em silêncio. Queria ir logo para o chuveiro, único lugar onde podia me masturbar depois que Luís havia saído de férias. Ao passar pela casa da calcinha, toda escura, a luz do quarto se acendeu. A janela estava aberta e Maria apareceu nua, andando de um lado para o outro do quarto. Tinha peitos pequenos e levemente caídos. Olhei as pernas grossas, a bunda grande, a barriga inchada. Não segui adiante, fiquei no escuro, protegido atrás de um arbusto. Ela então se aproximou da janela e a fechou, como se percebesse o intruso. Depois cerrou as cortinas. E eu me aliviei ali mesmo, deixando na terra a prova de meu desejo desesperado.

— Credo, parece que você viu assombração — minha mãe falou quando entrei em casa.

Meu irmão estava na cozinha e me olhou com malícia; sabia-me em alguma coisa errada. Era um olhar de cumplicidade. Instintivamente, esfreguei as mãos úmidas nas pernas da calça. E fui ao banheiro. Luís saiu em seguida, e pude jantar em paz, vendo tevê com a mãe. Um personagem à beira da morte jurava amor eterno a uma jovem, fazendo com que meus olhos ficassem úmidos.

Findas as férias de meu irmão, eu podia de novo voltar mais cedo. Uma tarde, depois de me lavar e colocar uma bermuda, e aproveitando a saída de minha mãe, que tinha ido entregar as costuras a uma freguesa, fui bater à porta vizinha. Nunca tinha feito isso. Cheguei até a varanda e a chamei. Ouvi os passos no piso e a porta logo se abriu.

— Boa tarde — me disse Alexandre.

Sem revelar meu espanto, respondi ao cumprimento e perguntei se estava tudo bem com ele. Alexandre não respondeu, apenas sorriu, indicando que não pararia de beber, estava só dando um tempo.

— Maria saiu, mas logo volta — ele falou, sem que eu perguntasse nada.

Conhecia a fama da mulher e não se opunha às suas fugidas?

— Minha mãe mandou pedir o ferro de passar roupa.

— Não sei onde ela guarda — ele disse com um sorriso.

Agradeci e voltei para casa, o rosto queimando de medo e vergonha. Fiquei sentado na cozinha, esperando a volta de minha mãe. E se ela se encontrasse com Maria? Falariam do ferro e descobririam minha mentira. Fui até o guarda-roupa, peguei uma camisa e a amarrotei, deixando-a sobre a mesa. Peguei o nosso ferro e arrebentei o fio. Estava agora estragado, por isso fui emprestar o da vizinha.

Uns vinte minutos depois, alguém bateu na porta.

Ao abrir, vi Maria. Ela era bem menor do que eu. E me olhava fixamente, de baixo para cima. Notei que segurava com a mão direita o ferro, como quem fosse golpear alguém. Não sei por que pensei nisso. E me imaginei no chão, cabeça sangrando, Maria rindo de mim. Tinha sido fácil matar o tarado. O ladrão de calcinhas.

— Não vai me deixar entrar? — ela perguntou.

Virei um pouco o corpo, ela entrou se esfregando em mim. Tranquei a porta. Ela olhava a camisa. Eu olhava para ela. O que era preciso fazer nestes momentos? Maria estava ali. Tinha vindo por mim.

Ela deixou o ferro sobre a mesa, ergueu os braços, puxou o vestido pelos ombros, depois se virou e riu. Arrastei meu corpo até ela, e nos beijamos. Maria abriu minha camisa, mordeu meu peito, enquanto eu permanecia imóvel.

— Nenhum pelo aqui — murmurou.

E se abaixou até o zíper de minha bermuda, abrindo-a. Enfiou tudo na boca enquanto tirava minha bermuda e minha cueca. Quando fiquei completamente nu, procurei seus peitos, arcando-me. Eram de fato flácidos. Segurei-os com força. Ela se ergueu e me puxou, fincando as unhas em minhas costas. Quanto mais ela me unhava, mais eu apertava seus mamilos. Ao nos desgrudarmos, ela baixou a calcinha, revelando a farta pelagem. Tentei empurrá-la até a mesa, mas ela disse não, não vai ser assim a sua primeira vez. E pediu que eu sentasse numa das cadeiras, ajoelhando-se diante de mim, e continuou o seu trabalho. Em poucos minutos, tudo estava resolvido. Ela fechou os lábios úmidos e me ergueu os olhos alegres. Depois me beijou e senti um gosto ruim.

— Agora se vista — ordenou.

E nos levantamos para procurar nossas roupas. Quando já estávamos trocados, ela foi até o quarto da minha mãe — conhecia nossa casa — e voltou com um cobertor. Estendeu-o na mesa, pôs o ferro na tomada e, enquanto esperava que ele aquecesse, pediu para eu ligar a tevê. Estava na hora da novela, eu me sentei e tentei acompanhar uma daquelas histórias de amor. Ficamos em silêncio, sem nenhum interesse um pelo outro, ela passando minha camisa. Quando acabou o serviço, pegou o ferro e disse até breve, saindo sem esperar que eu me levantasse.

Não há trégua

Quando a moça, ao cumprimentá-lo, esfregou os peitos nele, lembrou-se da esposa com tumor no seio.

Indo para o mesmo lugar

Jogou no quintal as panelas que estava lavando. Ainda não tínhamos terminado de almoçar, mas nos levantamos em silêncio, fingindo ignorar aquilo. Jean perguntou o resultado do jogo da noite anterior, respondi que tinha sido zero a zero, e isso não nos deixou nem alegres nem tristes, não torcíamos para nenhum dos times. Ainda assim ele quis saber se ocorrera algum lance bonito. Respondi que não, pelo menos durante o tempo que fiquei acordado, porque havia cochilado uns minutos.

Saindo da cozinha, já a caminho do portão, ouvimos um último barulho, um prato contra o muro, que se espatifou longe de nós, mas um caco me acertou o braço, produzindo um pequeno arranhão. Levei a mão instintivamente ao lugar ferido.

— O que foi, pai? — Jean se assustou.

— Deixa pra lá — eu disse. E continuamos andando pelo jardim.

— Não aguento mais esta vida! — Amanda gritava lá com as sombras dela.

Na rua, vimos o vizinho da frente cortando a grama.

— Boa tarde, rapazes — ele nos cumprimentou.

— Boa tarde, seu Oswaldo — Jean respondeu. Eu apenas sorri, em paz com o mundo.

Éramos dois rapazes saindo para uma caminhada pelo bairro na tarde de sábado. Nunca tinha me preocupado com a idade, mas isso mudou quando fui ao dentista por ter quebrado um dente. Estava comendo uma broa italiana e senti algo se romper em um dos maxilares, depois passava a língua e sentia o buraco. Não doeu, mas era ruim a sensação de uma ponta lascada. Com a boca aberta, as pernas cruzadas na cadeira, as mãos segurando uma toalha de papel e um babador pendurado no pescoço, disse que me sentia criança. E me lembrei da primeira vez que fui a um consultório, tinha a idade de Jean hoje. O dentista disse deve fazer muito tempo isso, pois você acaba de entrar na meia-idade.

— Por quê?

— Na meia-idade os nossos molares começam a se quebrar — ele disse, rindo.

Também ri. E continuo rindo agora enquanto caminho com Jean. Nossos ombros se tocam sem querer e me vem uma alegria estranha. Uma moto barulhenta passa ao nosso lado, fazendo com que as palavras dele não sejam ouvidas.

— O que você disse?

— Pra onde vamos?

— Tem alguma preferência?

— Queria andar bastante. Quando jogo bola com os amigos durante muito tempo, sinto minhas pernas desaparecerem. Já sentiu isso?

— Já, mas não jogando bola.

— É uma sensação boa, não é? Andamos como se estivéssemos flutuando. Meio como um fantasma... Por que você está rindo?

— Nada — digo.

Fico admirando a inteligência e a calma de Jean. Não tira grandes notas na escola, apenas o suficiente para ir passando. Não se desespera diante dos exames mais difíceis. E sempre tem uma observação a fazer sobre as coisas.

— Que carro é aquele ali, pai?

Estávamos passando na frente de uma oficina com várias carcaças de automóveis no pátio. No meio delas, um carro bege, todo comido de ferrugem. Falei a marca antiga.

— Rústico.

— Era o carro mais cobiçado na minha infância.

— Então é como se a sua infância estivesse abandonada lá nessa oficina.

— De certa forma, é isso mesmo. Você nunca tinha visto essa marca?

— Não me lembro dela. São tantas...

— Naquela época, quase não havia carro importado. E mesmo os nacionais eram poucos.

— Devia ser chato, né? Todo mundo andando com os mesmos carros.

— Era diferente. Quando saía um modelo, virava um acontecimento.

— Devia ser mesmo.

— Agora as fábricas lançam tantos carros que não dá nem para saber quais são os novos.

— Mas também tem um lado bom.

— Será?

— Você pode escolher o carro mais parecido com você.

— E qual se parece com você?

— Não sei ainda.

— Que carro você gostaria de ter?

— Tem hora que quero um modelo, mas daí uma marca modifica a linha dela e eu mudo de opinião.

— Você está então com dificuldade de saber quem você é.

— Não é bem isso. Estou querendo muito um carro esportivo e daí surge um modelo familiar diferente. E me encanto por ele. Quando acho que é aquele, sai uma picape. Para um jovem, uma picape é interessante. Só para carregar a namorada.

— Mas você ainda não tem namorada. Pelo menos que eu saiba.

Jean ri. Estamos cruzando uma avenida. Há poucos carros, mas apertamos o passo. Assim que subimos na calçada do outro lado, ficamos quietos. É bom caminhar conversando. Mas é bom também ter uns minutos de silêncio. Ao conversar, nós dois, interiormente, andamos para o mesmo lugar. Ao ficar calado, cada um segue por um caminho próprio.

— Para onde estamos indo? — ele me pergunta alguns metros adiante.

— Não sei. Lembra daquele carro velho?

— Claro. Faz só uns poucos minutos que passamos por ele.

— Para você é uma lembrança de poucos minutos. Para mim, de décadas.

Jean se calou. O sol esquentava nosso cabelo. Fiquei com vontade de tomar uma cerveja. Dez anos atrás eu tinha parado de beber. Não queria que meu filho aprendesse comigo. Com certeza, em breve vai cair no vício para se enturmar. Amanda disse que era exagero meu. Parar de beber só por um temor bobo. E agora vejo a falta que faz essa cumplicidade alcoólica entre pai e filho.

— Uns trinta anos atrás, eu gostava de ficar olhando os carros com meus amigos.

— Como era isso?

— Na minha cidadezinha não havia muito que fazer.

— Sempre invejei a sua infância na rua.

— Não vou dizer que tenha sido ruim, mas faltava muita coisa.

— Então vocês ficavam olhando carro.

— Poucas pessoas tinham carro novo. Os vendedores iam a São Paulo para comprar modelos usados. Eram principalmente os que circulavam na cidade. Apenas os mais ricos iam ao município vizinho comprar um zero-quilômetro.

— E virava uma festa a chegada.

— Bem isso. Lembro-me de uns irmãos, eram seis se não me engano; colheram muita soja num ano e cada um comprou um modelo daquele. Seis cores diferentes. Entraram na cidade soltando rojões, uma fila de carros reluzentes, sem placa. As pessoas saíam na rua, deixavam o que estavam fazendo para ver o desfile. Num único dia, chegava à cidade um número de carro zero maior do que o do ano todo.

— Foi a primeira vez que você viu aquele modelo?

— Não. Como falei, a gente gostava de ir até a rodovia, sentar num muro sob uma goiabeira e ficar contando os carros. Cada um escolhia um tipo e o que contasse um número maior era o vencedor.

— Parece legal. Quem de vocês viu o primeiro carro daquela marca?

— Eu. Uma tarde, meu pai chegou em casa bêbado. Minha mãe começou a brigar com ele, dizer que não suportava ver o marido assim, se entregando à bebida. Já tinha perdido o serviço. Era ela quem sustentava a família, vendendo roupas de casa em casa. A mãe um dia disse que ele não tinha dinheiro para pagar o açougueiro, mas sempre arranjava para a pinga. Eu estava assistindo a um desenho na tevê em preto e branco, presente de uma tia, tevê velha, chuviscando sem parar. Não me lembro do desenho.

— Sempre achei que a sua memória não fosse boa — Jean disse, rindo.

— Mas ainda ouço o barulho do tapa. Um eco que percorreu a casa toda. E depois o silêncio. Daí a mãe dizendo que odiava ele, que nunca perdoaria aquilo. Não me recordo de mais nada.

— Nunca havia me contado isso.

— Saí correndo pelo quintal e, quando cheguei à calçada, continuei correndo. Não corria de meus pais. Corria de mim mesmo. Eles ficaram lá brigando, e aquilo seria o começo da separação, que só viria meses depois. E logo a morte dele. Voltou à nossa casa algumas vezes, a mãe tratava o ex-marido com educação. Servia um café doce, ele só gostava de café bem doce, contava como eu estava indo na escola, essas coisas. Ele nunca me trazia presentes, e cada vez aparecia com as roupas mais velhas. Sóbrio, mas com uma vermelhidão e um inchaço no rosto que diziam tudo. Quando morreu, a mãe levou roupas novas, das que vendia, e me lembro de ouvir ela dizendo que estava quatro números menor do que era.

— Olha aquela lanchonete ali. Não quer sentar um pouco?

Sem responder a ele, os olhos embaçados, paramos na lanchonete e nos instalamos em uma mesa na parte externa. O garçom não nos atendeu de imediato.

— Sabe, Jean, eu saí correndo aquela tarde, e juro que pensei em me atirar debaixo de um caminhão. A sorte é que a rodovia ficava a algumas quadras; logo fui diminuindo o passo, olhava as casas, os quintais. Tinha amigo em todos os lugares. Eu não me sentia filho único. Éramos uma família imensa naquela rua. Mas na hora não encontrei nenhum amigo, está certo que não fui na casa de ninguém, apenas passava na frente, olhava e seguia. Se houvesse encontrado um deles, teria esquecido tudo. Mas já não pensava em me jogar embaixo de nada. Tanto é que, assim que cheguei, subi no muro e me sentei bem quietinho, como se estivesse na escola.

— Pai, você disse que nunca ficou quieto na escola. Que aprontava o tempo todo.

— Então mudo a frase. Quietinho como eu deveria ficar na escola.

Nós dois rimos. O garçom se aproximara. Estava com uma agenda eletrônica na mão.

— Para mim um suco de morango.

— O mesmo — eu disse, olhando o cardápio. — E duas tortas de maçã.

O garçom se afastou.

— Vamos agora voltar de novo no tempo, porque deixamos um menino sentadinho no muro. Siga em frente, pai.

— Fiquei uns minutos ali, sem prestar atenção nem nas marcas nem nas cores dos carros.

— Seu mundo tinha ficado preto e branco.

— E chuviscava, como na nossa tevê.

— Então...

— Bem, não foi assim tão rapidamente. Devo ter pensado em muita bobagem. Visto pessoas cruzando a rodovia. Acompanhado o canto dos pássaros, essas coisas que acontecem numa cidade do interior. Um vira-lata deve ter aparecido. Uma carroça com um cavalo velho pode ter passado. Não consigo saber ao certo quanto tempo fiquei ali.

Chegaram os nossos pedidos. Bebemos o suco no canudinho. Demos garfadas gulosas na torta de maçã, que tinha muita canela. Sorrimos um para o outro com os lábios sujos de açúcar. E tomamos ao mesmo tempo mais um gole longo do suco.

— Não é que está bom? — falei.

— Poderíamos ter pedido de goiaba, em homenagem à sua infância de quintais com goiabeiras.

— Voltando. Então olhei para o asfalto e vi um carro diferente. Não havia nada igual a ele. Nos horários comerciais da tevê, não circulava tanta propaganda de automóveis. E eu, louco pelos filmes de ficção científica, pensei que parecia uma espaçonave que me levaria para bem longe dali.

— Que cor era o carro?

— Vermelho. O meu mundo ganhava cor.

— Como você soube que era aquela marca?

— Ele se aproximou diminuindo a velocidade, ligou a seta e entrou bem lentamente na esquina da rua onde eu estava. Pude ler a plaquinha de metal na tampa do porta-malas. Na mesma hora, desci do muro e saí correndo. Logo estava na casa do Cléber, meu melhor amigo. Bati, a mãe dele atendeu, me viu e chamou o filho. Contei a novidade. Tinha visto um modelo novo. Depois fomos para a casa de outros amigos. E todos ficamos sentados no muro por umas duas horas, em vão.

— Vocês vão querer mais alguma coisa? — o garçom perguntou.

Respondi que não, pedi a conta e paguei, saindo para nossa caminhada. Já eram quase três horas. Tínhamos que ficar fora até o sol se pôr. Poderíamos ter saído de carro, mas isso causaria irritação em Amanda. Estávamos limitados às nossas pernas.

— E se pegássemos um ônibus?

— Prefiro a pé, pai.

E andamos até o centro, vendo vitrines, fazendo pequenos comentários sobre coisas que tínhamos que providenciar em casa. Ninguém tocava no nome de Amanda. Paramos mais uma vez para comprar garrafinhas de água — com gás para mim, sem gás para Jean. Havia poucas pessoas na rua e isso nos dava a sensação de sobreviventes depois de uma grande catástrofe, de uma epidemia qualquer que houvesse dizimado a maioria da população.

Sem nenhum acerto entre nós, fomos tomando o caminho de volta. As pernas estavam doendo. Vinha aquela sensação de sermos fantasmas flutuando poucos centímetros acima do chão.

Quando chegamos a nossa rua, tocamos no assunto até então silenciado.

— O que você acha? — Jean me perguntou olhando para o nosso quintal, que ainda estava longe.

— Da outra vez demorou bastante tempo.

Sentimos alguma ansiedade, mas em vez de acelerarmos a caminhada retardamos nossos passos. Os vizinhos já dentro de suas casas na noite que se inicia. Algumas luzes se acenderam na rua, outras ainda não. Quando passamos sob um dos postes, ele se iluminou. Olhamos um para o outro, agradecidos ao Deus elétrico, que nos distinguiu.

Paramos na frente da grade do nosso quintal. As luzes externas brilhavam, não havia panelas na grama.

Abrimos o portão com cuidado, voltando a conversar sobre futebol.

— Será que vai ter algum jogo na tevê hoje?

— Ainda não vi — falei.

— Se não for muito tarde, talvez eu assista.

Com a chave que sempre carrego comigo, abri a porta da cozinha. Do quarto, Amanda ouviu nosso barulho.

— São vocês?

Havia um cheiro de açúcar no ar. Um cheiro bom. Fomos envolvidos pelo aroma.

Ela apareceu de cabelos úmidos e roupas limpas. Ficamos em pé na cozinha, como estranhos. Sorrindo, Amanda se abaixou e abriu o forninho do fogão.

— Fiz um bolo — ela disse, retirando a fôrma e colocando sobre a mesa, onde estendeu uma toalha nova, de um tecido plastificado, todo xadrez. Notei que a toalha estava no avesso.

Apreensivos, sentamos para comer. Cortamos o bolo com atenção. Comemos pequenos pedaços. Sem elogiar. Amanda odeia elogios.

— Mãe, me passa a geleia — é a primeira vez que falamos algo.

— É de goiaba. Seu pai adora.

E riu para mim. Amorosamente.

25 watts

— Leva as duas, bem. — Estavam encostadas na porta do carro.

— Não dou conta.

— A gente te ajuda — disse a loira.

Ele indicou a morena, que entrou no carro. A mão dele avançou na blusa.

— Achou mole?

Tinha achado mole, sim, mas apertou ainda mais o bico e foi arrancando o carro.

— Está doendo.

Tirou a mão de dentro da blusa e olhou o rosto dela. Era bonito.

No *serv-car*, pediu quarto e preservativo.

— Vinte e cinco reais — falou uma mulher alta, cara de colona, que acompanhou os dois até um dos quartinhos no canto do terreno. A maioria dos clientes fazia dentro do carro, nas garagens fechadas. Ele já tinha feito assim. Não havia gostado.

A mulher abriu a porta e acendeu a luz fraca do corredorzinho de entrada, para onde dava o banheiro. Ele fechou a porta. A cama de concreto tomando conta de quase todo o quarto.

Ela se sentou no colchão, já se despindo. O sutiã imitava as listras do tigre. Os peitos eram pequenos e murchos. Ele chegou perto. Tropeçou na lateral da cama. Viu a calcinha pequena e rendada na semiescuridão.

— Não vai tirar a roupa, amor?

— Depois.

— O que está olhando? — Falou isso com uma perna no ar, equilibrando-se para se livrar da última peça.

— É daí que você tira o seu sustento? Desse buraquinho?

Ela riu pela primeira vez.

— Venha.

Arrancou a roupa, a cueca embolada no meio da calça, e se deitou sobre o corpo dela, que cheirava a sabonete barato. Beijou os peitos e viu uma chupada em um deles.

Começou a sugar violentamente o outro, ela o empurrou.

— Não posso?

— Não.

— E essa mancha aí?

— Meu namorado.

Ficou apenas acariciando o peito, sentindo uma pele enrugada.

— Não vai pôr?

— Precisa?

— Não é para isso que estamos aqui?

— Não sei.

Ele botou o preservativo e entrou nela.

— Quantas vezes hoje?

— Três.

Pediu para que ela se virasse, queria o outro lado.

— Por trás dói.

— Já fez?

— Não, mas já tentaram.

Ela se virou, protegendo-se. Não deu para ver se ali ainda era virgem. Com certeza, não.

Ele ficou um pouco dentro dela. Depois se levantou.

— O que vai você fazer?

— Acender o abajur.

— Para quê?

— Achar o caminho.

— Não precisa. — E abriu as pernas, o sexo depilado.

Ele ligou o abajur mesmo assim. Ela escondeu as pernas sob o travesseiro.

— Quer é ver minhas estrias.

Ele olhou os peitos dela, estrias por tudo.

— Já estou vendo.

— Apaga a luz.

— Não.

Tirou o travesseiro e foi mais uma vez, rosto contra rosto.

— Você é bonita.

— Não zombe.

Ela começou a mexer o corpo e a soltar gritinhos. No quarto ao lado, outra mulher também gritava.

— Com pressa?

— Não, pode demorar.

Era um rosto ainda com espinhas adolescentes.

— Por que você olha tanto?

— Por nada.

Ele continuou assim até se saciar. Sentou na cama, tirou o preservativo, uma pequena bolsa, tão flácida quanto aqueles seios. Levantou-se e a jogou na lixeira do banheiro.

Ela foi atrás e abriu o chuveiro, deixando a água escorrer sobre o corpo, o sabonete entrando onde antes ele tinha entrado.

— Por que você continua olhando?

— Para não esquecer.

Ele foi se trocar. Ela se aproximou.

— Não vai tomar banho?

— Em casa.

— Você é casado, não é?

Mostrou a aliança.

— Aposto que sua mulher é bonita.

Ele riu.

Ela também estava se trocando, tinha acabado de desligar o abajur. Ele amarrava o sapato. Parou para acender de novo a luz. Ela se vergava para vestir a calcinha.

— Por que você quer ver minhas estrias?

— Quero ver você.

Ela foi rápida e saíram um ao lado do outro, sem apagar a luz. Desceu a mão naquela bunda, mas ela não fez nenhum movimento de interesse.

— Não quer me pagar agora?

— No carro.

— Volto a pé. É logo ali.

Tirou duas notas, que ela pegou e guardou no bolso da calça, saindo sem se despedir. Ele tinha que pegar o carro numa das garagens.

— Sempre faz ponto naquele lugar?

— Não — ela respondeu sem olhar para trás, preocupada com algum buraco no chão.

Ele entrou no carro, ligou o motor e saiu com pressa. Os pneus fazendo barulho nas pedrinhas soltas do pátio.

Quando cruzou o portão, viu que ela subia rapidamente a rua, num sentido proibido para automóveis.

Caminho para Paris

Tudo tinha começado com uma curiosidade. Alguns meses atrás não poderia se imaginar em Nova York, cidade que nunca quisera conhecer. Fora sempre um homem rotineiro, dedicado ao campo, ao gado de leite, que é mais sedentário do que qualquer outro, cuidando da lavoura e das atividades na cooperativa. E ali estava ele num hotel em Manhattan, sem falar inglês, vendo a gravura convencional na parede do quarto onde fica a cabeceira da cama. Uma paisagem impressionista, de um pintor conhecido, mas que ele não sabe quem é. Obras de arte nunca tiveram importância para Joost, que passara seus setenta anos (bem vividos, ele sempre achara) distante de tudo que tivesse o mínimo parentesco com coisas do espírito. Em Carambeí, sua cidade natal, dedicara-se a atividades práticas, novos métodos de silagem, uma variedade exótica de pasto, equipamentos agrícolas. Todo o seu envolvimento com arte, até ali, tinha sido na organização da Casa da Memória do Imigrante Holandês. Ajudara a buscar nas propriedades vizinhas velhos tratores, plantadeiras, instrumentos de trabalho, e até doou coisas que pertenceram a seu pai, e tudo isso agora contava a história dos colonos que criaram um modelo agrícola de sucesso no interior do Paraná. A Casa da Memória era a imagem da luta pela sobrevivência, de homens que não se dedicavam a nenhum tipo de refinamento, uma memória do trabalho, do trabalho agrícola. Algumas famílias doaram quadros com paisagens locais — pinheiros, plantas, casas típicas... Quase nenhum visitante se interessava por esses quadros, todos queriam ver os implementos de sessenta anos atrás.

Mas Joost tinha ido a Nova York para comprar um quadro. Não contara isso a seus conhecidos, não falara nem para as duas filhas, que moravam em casas construídas na propriedade familiar. Desde a morte da mulher, Joost passara a ter comportamentos senis, na avaliação das filhas e dos genros. Interessava-se muito pouco pela lavoura e pelo gado, gastando a maior parte do tempo trancado em casa, com as cortinas fechadas mesmo durante o dia. A depressão tinha tirado o velho agricultor de suas tarefas. Não ia mais ao barracão de ordenha acompanhar o trabalho dos empregados, dos brasileiros, como ele gostava de chamá-los. Quando disse que iria passar uns dias em Nova York, mesmo estranhando esse projeto as filhas ficaram contentes e trataram de incentivar. Tinham uma única preocupação: o pai vendera uma de suas propriedades mais distantes por um preço abaixo de seu valor, pois estavam numa época ruim para se desfazer de terras. Mas antes disso ele havia dividido o resto de seus bens, que valiam duas ou três vezes mais do que a fazenda negociada, deixando claro que se preparava para o chamado. As filhas apenas se intrigaram com o fato de que o pai, tão econômico, subitamente precisasse de tanto dinheiro. Talvez tivesse uma amante e desejasse garantir o futuro dela. Mas o pai sempre fora ocupado demais com a lavoura e o gado para ter amante, e tudo indicava que amara mesmo a esposa, apesar da forma rude de tratá-la. E aquele sofrimento todo depois da morte dela, o isolamento na casa e o desinteresse pela vida indicavam que sentia falta da mulher; num homem rústico, isso podia ser sintoma de um amor nunca revelado de outra forma. Talvez fosse apenas guardar o dinheiro para segurança pessoal, viver em paz os seus derradeiros anos.

A viagem explicava tudo; ele queria viajar, aproveitar o tempo perdido na roça. A agência de turismo arranjou passagens, hotel, um guia. Agora ele estava ali, sentado na poltrona, sem curiosidade para ver tevê ou olhar pela janela do quarto. Deixava apenas a luz do abajur acesa, fixando-se na parede em que a paisagem impressionista imperava. Sabia o que desejava ver ali. Um quadro do expressionista holandês Kees van Dongen, que seria leiloado naquele dia na Sotheby's. Para isso tinha feito sua primeira, e provavelmente última, viagem internacional.

Tudo começara numa ida ao shopping de Ponta Grossa. A esposa, já doente, queria se divertir um pouco. Escolheram um filme alegre, antes passariam por uma loja, ela iria comprar presente para uma das netas. Era começo de noite, a mulher escolhia um relógio e ele resolveu ir ao banheiro. No corredor, uma movimentação não muito grande, havia um coquetel, o prefeito discursava, ele se aproximou e viu dona Lily Marinho, que abria a exposição de sua coleção particular de arte. Ele se esqueceu do banheiro, entrou no meio das pessoas e se aproximou de dona Lily, que ficara o tempo todo sentada ao lado do microfone. Na hora de falar, ela se ergueu lentamente e começou a agradecer a recepção num português com sotaque afrancesado. Joost se apaixonou na hora por dona Lily. Ela e Roberto Marinho tinham vivido um amor maduro, e, mesmo perto dos noventa anos, depois da morte do segundo esposo, ela guardava o poder de encantar. Durante todo o tempo em que esteve no salão, Joost a acompanhou. Quando ela se retirou, ele ainda ficou ali mais um momento, fascinado pelo retrato que Kees van

Dongen havia feito dela em 1946. Era uma noite de festa em Paris, ela estava com um vestido preto, decotado, mostrando a pele muito alva do pescoço e do peito, o retrato respeitoso transpirava um ardor incontido. Kees deve ter se apaixonado por dona Lily, já casada com Horácio de Carvalho, seu primeiro marido, que só consentira que o pintor fizesse o retrato com a condição de poder comprá-lo. O pintor retratou a mulher por quem provavelmente se apaixonara, uma paixão impossível fora da arte, e foi obrigado a vender o retrato àquele que já tinha a seu lado a mulher em carne e osso. O pintor aceitou a imposição pelo prazer de pintá-la, de transferir a imagem dela para uma linguagem de traços, cores e texturas. Sessenta anos depois, o quadro ainda comunicava aquele amor impossível.

Todo amor é impossível, pensou Joost, que não tinha o hábito de refletir sobre essas coisas. Até ali sua vida havia sido uma mentira. Nunca fora feliz. Não sabia para que tinha vindo ao mundo, com certeza não era para criar gado leiteiro, plantar soja ou ajudar a administrar uma cooperativa agrícola. Talvez tenha sido para amar Lily Marinho. Amá-la a distância.

Quando chegou ao estacionamento, a família estava toda reunida em torno de seu carro. Uma das filhas viera em socorro, haviam procurado o fugitivo em todo o shopping, mas ninguém o imaginara na exposição. Joost não deu explicações e nunca mais se esqueceu do retrato, Lily em roupa de baile em Paris. Comprou as memórias dela e ficou conhecendo melhor sua biografia. Quando sua mulher morreu, não pôde deixar de pensar que agora estava livre para viver aquele novo amor.

Tinha lido em algum lugar que o dr. Roberto dissera que aquela Lily do quadro não era a sua. Joost podia dizer que era a Lily dele. Não tivera coragem de abordá-la na abertura da exposição nem tentara um contato no Rio, uma mulher assim tão sofisticada não teria o menor interesse num holandês bronco. Mas surgira a chance de tê-la a seu lado para o resto de seus dias, que seriam poucos. O importante era tentar tudo de novo. Gastara-se na expectativa de encontrar a mulher que lhe daria vida, pois ainda não tinha vivido, apenas durado para conhecer o amor.

Não procurava Lily nos noticiários, mas sempre se encontrava com ela em programas de tevê, em matérias nos jornais. Lia com o coração disparado as notícias, via quase sem fôlego suas imagens na tevê, em sua casa na avenida dos Pioneiros, sentindo o cheiro opressor das granjas de porco, dos currais, da fábrica de salsicha. Seu amor não combinava com aquela paisagem, seu amor queria uma noite de baile em Paris.

Foi quando leu no jornal que Lily iria leiloar seus bens — joias, pratarias, obras de arte e fazendas. A reportagem revelava uma pessoa forte. Para evitar as disputas de herdeiros, ela não deixaria bens, mas dinheiro vivo. Declarou que talvez vivesse mais três anos, e isso foi dito sem mágoa nem medo, como uma coisa boa. Viveria mais três anos, e escolhera passar esse tempo na casa do Cosme Velho, onde fora feliz com o segundo marido. Joost gostaria de passar os anos que lhe restavam em Paris, mas não saberia viver num país distante, em uma língua que não conhecia, e a sua Paris era a de 1946. Resolveu em um ímpeto comprar o retrato de Lily.

Para ele, seria mais natural comprar uma das fazendas dela, talvez alguns de seus móveis, ou mesmo suas pratas, mas queria o mais difícil. O preço era exagerado. Lance inicial de setecentos mil dólares. Tinha dinheiro aplicado, mas resolveu vender uma de suas fazendas como garantia. Usou as mesmas palavras de Lily na entrevista que ficara gravada em sua memória: "Não preciso mais dessas coisas. Não quero me aborrecer administrando fazendas". E Joost se desfez de todas, distribuindo aos filhos as que não foram vendidas.

Viajou a Nova York, fez os preparativos necessários para o

leilão, e está agora, sem ter nem passeado pela cidade, esperando a vinda do intérprete para que possam ir à Sotheby's. Não consegue esconder o medo de que aquela mulher não se adapte aos campos de Carambeí.

Quando o telefone toca, ele sabe quem chegou. Arruma-se na frente do espelho, comprou roupas caras para a ocasião, acerta o nó da gravata, olha uma vez ainda para a paisagem impressionista. Nada se compara ao retrato. No pescoço de dona Lily há um colar, em seus cabelos negros, uma pluma, o céu é violeta, seria a própria luz da cidade modificando a noite, e ela olha para Joost do fundo da tela, uma tela vista uma única vez, mas que em breve retornará a seu dono.

Senhoras da noite

Trópicos malditos, pensou Alberto Henschel quando preparava o prédio para a sua Fotografia Alemã, no Largo da Matriz de Santo Antônio, número 2. Recém-chegado de Berlim, tinha quarenta anos e dominava todas as técnicas fotográficas. Achou que seria fácil trabalhar em uma cidade sul-americana próspera e populosa, ganhando dinheiro com a sua arte. Desembarcou no Recife com seu auxiliar Carlos Henrique Gutzlaff em 26 de maio de 1866, instalando-se provisoriamente no ateliê de um fotógrafo local, na rua do Imperador, até que pudesse ter endereço próprio.

Tirou alguns retratos ali, e percebeu que toda a sua ciência deixara de funcionar. As imagens ficavam muito claras, fazendo com que a feição dos fotografados desaparecesse. Com isso, tinha que vender esses retratos por um preço inferior ao dos outros fotógrafos. Seus equipamentos eram os melhores produzidos na Europa, nenhuma casa local podia competir com ele, mas as fotos saíam ruins. Conversou com Gutzlaff sobre isso.

— É muita luz. E luz muito viva. — Seu auxiliar confirmou o que ele intuía.

— Aqui tudo é diferente.

As pessoas levavam para casa uma versão delas que mais parecia um fantasma. A fotografia era sempre uma forma de matar as pessoas. De matar produzindo uma sensação de permanência. Estavam ali paralisadas um momento, logo se mexeriam e sairiam andando. Suas fotos, no entanto, apresentavam uma imagem de almas de outro mundo.

E a culpada era a luz. A luz que invadia tudo. Tinham que aprender a diminuí-la, embora precisassem tanto dela. A luz natural, essência da fotografia, aqui era um problema. Procurava trabalhar no final da tarde, quando o sol estava se pondo, o que permitia fotos mais nítidas. Foi assim que juntou um conjunto de negativos de vidro no Recife, atestando a sua fama. Mas não podiam fotografar apenas em certos horários. Por isso estavam se mudando.

O primeiro lugar que viu para alugar foi na rua do Sol. O preço era bom, o sobrado muito bem localizado e com vista para o rio Capibaribe. Tudo o recomendava, mas a luz se fazia insuportável. Como não havia a fileira de casas do outro lado, toda a rua era castigada pelo sol. As ruas nessas cidades, Alberto Henschel aprenderia, eram estreitas para que os sobrados dos dois lados criassem áreas de sombra. Quando conhecesse a rua do Ouvidor, na Corte, teria uma confirmação disso.

Mas agora, aqui no Recife, abandonou a ideia de alugar um prédio na rua do Sol e se instalou no primeiro andar do sobrado da rua da Matriz, protegida por várias construções, montando uma vitrine no andar de cima.

— Todo o problema está em adocicar a luz.

A palavra *adocicar* denunciava a natureza impiedosa. As coisas se revelavam como elas eram. Nos trópicos, não havia suavidade; havia força, uma energia natural que invadia tudo, tomava conta dos objetos, das pessoas, apagando-os. Ele devia aprender a criar um ambiente mais dócil, para que as fotos revelassem a beleza de cada modelo, a sua face mais meiga.

Experimentou vidros diferentes para a galeria: mais espessos, menos transparentes, com cristais embaciados, que desviavam a luz ao filtrá-la, refletindo-a. Assim, no terraço envidraçado onde ficava a máquina, mesmo no sol mais alto e inclemente, havia uma luminosidade mais amena.

Apesar desses avanços, as melhores fotos, as que lembravam as tiradas na Europa, competindo com elas em nitidez, eram as obtidas em dias nublados, quando o sol passava pelo filtro das nuvens.

Henschel chegou a fazer alguns experimentos à noite, com a lua cheia.

Contratando moças de vida noturna. Buscava seus modelos na rua em um período do mês em que os lampiões ficavam apagados por causa da claridade lunar. Quase não havia assaltos e outros delitos nessas noites, em que se reconheceriam facilmente os envolvidos.

Como um criminoso, Henschel ia até a rua do Fogo, onde se encontravam essas moças, e as convidava para posar nuas. Nas outras noites, a rua do Fogo era escura e por isso muito frequentada, ofertando uma variedade grande de mulheres. Com a lua cheia, sobravam muitas moças, porque os homens não se arriscavam a percorrer aquele local para saciar seus desejos, temendo que alguém os identificasse. O alemão, então, sempre dispunha de algumas beldades para seu estúdio.

Elas se despiam com rapidez e sem o menor pudor. E, sentadas nas poltronas que as figuras mais respeitáveis da sociedade haviam ocupado durante o dia, as senhoras da noite se revelavam para a máquina fotográfica. Banhadas pela lua, tornavam-se misteriosas nas matrizes que seriam reproduzidas e vendidas em segredo apenas aos homens mais confiáveis da cidade, mas principalmente a moradores do Rio de Janeiro.

Uma ou outra dessas modelos, depois de receber o dinheiro pelo trabalho de revelar seu corpo (um corpo leitoso, pois Henschel escolhia só mulheres brancas), acabava em um quartinho ao lado do estúdio, em uma cama de ferro importada de Paris, que rangia por uns instantes.

Foram as melhores fotos que circularam clandestinamente entre os portos do país e da Europa. Imagens de mulheres tocadas por uma luminosidade misteriosa, por desejos e romantismo. Mulheres europeias que muitos brasileiros idolatraram solitariamente, com as janelas fechadas durante o dia ou sob a luz de vela à noite.

A linguagem roubada

Eu pegava o ônibus no terminal do Boa Vista e seguia até o Centro Cívico lendo os livros que tomava emprestados na Biblioteca Pública. Naqueles meses, percorria a obra completa de Ernest Hemingway. Com os olhos perdidos nas páginas de um romance do velho Papá, nem percebi um senhor ao meu lado. Só quando tocou em meu braço, olhei para ele. Tinha os trejeitos de poeta, e isso deve ter produzido uma reação facial em mim, pois ele se retraiu.

— Você também escreve? — Esse *também* era uma promessa perigosa.

— Profissionalmente.

— Como assim? É romancista?

— Redator de publicidade — eu disse isso fechando o livro com alguma força, para que a conversa não se alongasse. Ainda estávamos longe do ponto em que eu desceria.

Meu vizinho de banco não se intimidou; depois do pequeno susto, riu e disse que eu tinha senso de humor, alongando o assunto no mesmo tom: publicidade e romance talvez sejam a mesma coisa. Ele estava planejando uma novela experimental.

— Meu nome é Uilcon Branco — ele falou, e me estendeu a mão de dedos finos e com veias à mostra, mão de bruxa, o que contrastava com os cabelos negros, reluzentes da última tintura. Quando toquei sua mão, senti que era suarenta e isso me enojou um pouco. Parecia morta, era como se eu pegasse um peixe numa banca de mercado.

Na hora, não percebi, mas depois viria a me lembrar do rosto de Uilcon, que eu já vira impresso. Ele então disse que era editor do jornal *Maria*, me deu seu cartão e, junto, me passou o convite para o lançamento de um volume de poemas. Eu estava diante do escritor à caça de plateia, um papel que eu veria muitas vezes e que até chegaria a desempenhar. Se não melhorei meu texto nesses anos todos, posso dizer que melhorei minhas atitudes. Hoje não faço lançamentos e também não vou mais a eles.

Naquele início de vida, acabei na estreia literária de Uilcon Branco. Eu sonhava conhecer Gabriel García Márquez, de quem lera todos os livros disponíveis, ou um Carlos Drummond de Andrade, que ainda estava vivo, e, como não podia realizar esse desejo, contentei-me com a oportunidade de frequentar os escritores locais.

Embora havia poucos meses em Curitiba, já tinha me adaptado à cidade. No dia, pedi dispensa no trabalho, fui a um salão cortar o cabelo, comprei um sapato e roupas. Não cheguei ao requinte de um blazer, embora tenha cobiçado os modelos joviais nas vitrines. Em casa fiz a barba, tomei banho, coloquei a roupa nova e saí duas horas antes, para me acostumar ao novo visual. Passei nas livrarias, fiquei lendo trechos de romances, mas não me entusiasmei com nada. Iria para meu primeiro lançamento, justo no prédio da Secretaria de Cultura, onde funcionava o jornal *Maria*. Cheguei na hora em que Uilcon entrava no saguão, alguns minutos antes do horário marcado. Umas pessoas passavam de uma porta a outra, fazendo os preparativos. Ele me reconheceu.

— Que bom que você veio. Pelo menos haverá um escritor profissional entre nós — ele disse, me estendendo a mão de peixe morto.

Uilcon vestia blazer, com camiseta por baixo, calça social preta e tênis branco. Era o intelectual pronto para aparições públicas.

— Acho que vim muito cedo.

— Foi bom, assim temos tempo para uma conversa. Venha conhecer a redação do *Maria*.

Saímos do saguão, passamos por uma área de serviço e subimos escadas estreitas, de madeira, para chegar a uma sala dividida por tabiques envelhecidos. Uilcon falava do próximo número, uma homenagem a um de nossos maiores escritores, Antônio Akel, que você poderá conhecer hoje, ele confirmou que vem.

— Se não vier, cancelo a edição — ele falou e riu.

No jornal, alguns funcionários ainda trabalhavam, recortando papéis. Era no tempo do *past-up*, que fazia os serviços gráficos parecerem aula de recreação. Colas, papéis empilhados, imagens soltas, mesas imensas com luzes sob o vidro que servia de tampo. Vivíamos o fim daquele mundo, pois os computadores começavam a ganhar espaço nas redações. Mas ali, no tugúrio de um jornal cultural, as máquinas de escrever ainda reinavam. Fui para a sala de Uilcon, que cumprimentou festivamente os funcionários. A escrivaninha era velha, dessas comuns em repartições públicas, com cadeiras de madeira escura para as visitas. Enquanto conversávamos, notei que ele treinava sua assinatura para o lançamento. Falava olhando para o papel na mesa, assinando e escrevendo pequenas frases, simulações das dedicatórias que logo mais ele distribuiria displicentemente. Isso me deixou um tanto constrangido. Eu estava diante de um jornalista que estreava sua condição de escritor. Perguntou-me se, além de peças publicitárias, eu escrevia mais alguma coisa. Eu disse que não.

Mas saberia com certeza escrever uma resenha, ele afirmou. Estava precisando de resenhistas no *Maria*. Concordei que talvez pudesse escrever algo distante dos formatos tradicionais. O bom texto crítico nunca segue modelos, ele falou como se estivesse fechando um contrato.

Esgotados os assuntos banais, ele me convidou para voltar ao saguão. Era hora de recepcionar os convidados. Quando chegamos ao local que, no passado, fora o pátio de um colégio — reformado para exposições, com uma cobertura de ferro e vidro, mas ainda com os postes e bancos de praça —, havia um músico tocando jazz.

Uilcon se afastou.

Era tudo muito provinciano: pessoas com roupas escuras, fazendo de tudo para destacar a condição erudita. Eu não destoava, pois comprara minhas roupas para a ocasião. Na hora em que fui pegar o livro, ao lado da mesa de autógrafo, Uilcon interrompeu a conversa com um dos convidados e disse à vendedora que não era para cobrar de mim. Tentei pagar, mas ela não aceitou.

Quando chegou minha vez de ganhar uma dedicatória calorosa, o autor disse que gostaria muito de publicar uma resenha minha sobre seu livro. E ele leu em voz alta o que estava escrevendo em meu exemplar: para M.S., escritor profissional. Nós dois rimos. Então ele me disse que iria me apresentar a Antônio Akel, seria uma boa influência para um jovem em início de carreira.

Apenas um senhor meio careca e grisalho contrariava o ambiente arrumadinho. Aparecera com uma calça jeans desbotada e encardida, uma camisa branca amarrotada, aberta no peito, revelando pelos imensos e escuros, em contraste com a barba que também estava branqueando. O que mais me chamou a atenção foi o sapato de couro cru, sujo de terra. Apesar dessa aparência, revelava-se o mais altivo de todos.

Fiquei surpreso quando Uilcon me levou até ele; era Antônio Akel, dono do melhor texto literário do país, e também publicitário. O jornalista nos apresentou e saiu, obrigando-me a fazer as perguntas de praxe. Ele deu as respostas esperadas e estávamos prontos para nos afastar quando ele me olhou nos olhos e disse que estava com vontade de ir embora, perguntando se eu não gostaria de experimentar o mais aclamado sanduíche de pernil do mundo. Notei que ele não tinha um copo na mão e que eu não o vira comendo. Eu também evitara os salgadinhos, embora tivesse tomado um copo de guaraná. Meu primeiro impulso foi recusar o convite, mas não sei dizer não e acabo aceitando as coisas que mais abomino. Foi o que fiz naquela noite, imaginando que iria me arrepender.

Saímos para a noite com garoa. Akel acendeu um cigarro assim que ganhamos a calçada, perguntando se eu fumava. Falei que não.

— Faz bem, vocês jovens têm a vida toda pela frente, mas eu já estou próximo da morte, posso alimentar em paz meu câncer amado.

Essa frase me chocou mais do que a imagem aldeã de Akel. Eu tinha pavor da palavra câncer, nunca pronunciada em minha casa. Uma palavra que se tornaria o centro da vida moderna, usada a cada instante. Fiquei com a boca seca, como se tivesse fumado muito. Akel me conduziu pelas ruas, falando do lançamento.

— Um verdadeiro zoológico, esta cidade não é séria.

— De onde você é? — resolvi perguntar para umedecer um pouco a boca.

— Daqui, por isso detesto a cidade. Foram as pessoas de fora, do interior, que fizeram a fama da sapolândia.

— Sapolândia? — tentei disfarçar minha condição de interiorano, ao mesmo tempo que a revelava.

— Curitiba foi a capital dos sapos. Tudo aqui era brejo; agora que esses urbanistas dos infernos sanearam a cidade, as pessoas pensam que sempre foi assim. Na minha infância, era só sapo.

Ri da bronca de Akel. A partir dessa primeira conversa, ficamos unidos contra Curitiba, procurando seus defeitos, ampliando-os, para escandalizar seus defensores.

— Nosso dever é criticar. Um escritor que não faça isso não passa de um publicitário.

— Somos publicitários — provoquei, rindo.

— Falamos bem de algumas coisas para ganhar dinheiro e ter independência para falar mal do que a gente bem quiser.

O bar em que serviam sanduíche de pernil já tinha fechado, fomos a outro, onde comemos pão com mortadela e tomamos coca-cola. Akel não bebia álcool.

Acabaram sendo anos de amizade, em que também competíamos. Aos poucos, fui me tornando ficcionista, publicando fora do estado, enquanto Akel continuava sua sina de escritor autoimpresso. Não admitia depender de ninguém, fazia as próprias capas, comandava a diagramação do miolo, revisava e cuidava de cada detalhe. Escrevi as orelhas de alguns de seus livros nesse período, e sempre estava com ele e sua família nos fins de semana. Depois de meu segundo lançamento, conquistei alguma visibilidade como romancista, sem nunca ter feito a resenha do livro do Uilcon. Se eu não tivesse encontrado Akel, teria aceitado o jogo do eu-te-elogio-você-me-elogia, mas me tornei um crítico feroz, que dizia o que pensava para ser odiado pelos inúmeros desafetos. Akel falava mal de mim, mas também me protegia. Não quero ser seu pai, ele me disse uma vez.

Os comentários mais marcantes vieram quando, depois de um ano da publicação do segundo romance, saiu um volume mais grosso do que o normal.

Eu já não fazia lançamentos nem mandava o livro aos amigos. Na minha visita semanal a Akel, na sua agência decadente, ele tocou no assunto.

— Vi a matéria sobre seu romance anual.

Percebi a crítica destilada nesse adjetivo a princípio inocente.

— Pois é, foi meio precipitado lançar agora.

— Achei oportuno. Você se profissionalizou.

E eu me lembrei na hora da dedicatória de Uilcon.

— Estou pensando em largar a publicidade — desconversei.

— Ótimo. A publicidade mata a gente, tira o sangue de quem quer ser escritor. Rouba a linguagem. Depois de fazer uma campanha, não encontro palavras para meus contos.

— Por isso você nunca usou um único termo desnecessário.

— Isso é apenas aridez, M. Tenho a alma de escritor, mas me faltaram as palavras. Elas ficaram nos textos publicitários que fiz e que não me deixaram rico, nem me deram uma aposentadoria.

A agência era do próprio Akel, e ele vinha a cada ano demitindo funcionários. Não conseguira acompanhar a informatização, era um publicitário artesanal. E um escritor com a mesma marca, de textos que nasciam frase por frase, cada uma delas com muito sacrifício. Eu tinha adotado o computador e só escrevia nele, e me divertia vendo Akel datilografar seus pequenos contos durante semanas.

— A cidade é que atrapalhou você — falei, dando a desculpa que ele sempre dava.

— Eu é que tentei atrapalhar a cidade, e nem isso consegui. Cada dia ela está mais forte no imaginário das pessoas. Devia ter feito como você, devia ter construído um manto com milhares e milhares de palavras, e hoje estaria ao abrigo de algo, mas os livros que escrevi mal me cobrem os pés, serei enterrado com a bunda desnuda, essa bunda magra e branca, que coisa! Um escritor tem que vestir muitas palavras, mesmo que elas sejam chochas.

E eu sabia que isso era uma crítica aos meus livros extensos e não um elogio.

— Você chega leve à maturidade — tentei animar Akel.

— Isso não é maturidade, é morte. E o que você chama de leveza eu chamo de ausência. Chego à morte vazio.

Apesar do tom velado de crítica, essa conversa serviu para me estimular a escrever mais e mais. Queria ser quem eu era. Algum tempo depois, larguei a publicidade e resolvi voltar ao interior, para viver só de meus livros. Sem mulher, filhos, carro, telefone celular, apenas com um computador e uma provisão de livros, eu podia ser o escritor profissional que minha conversa com Uilcon anunciara. Que poder tinham as palavras, mesmo quando irônicas.

— Você não consegue ser escritor em Curitiba? — Akel me perguntou quando anunciei que estava indo embora.

— Fiz muitas inimizades aqui.

— E agora resolveu fazer inimigos lá.

— Pode ser.

— Então teremos um livro a cada dois meses a partir de agora.

— O projeto é um por mês, para ter um salário fixo — eu disse, rindo.

— Se for praga, que pegue. Só não me envie essa produção industrial, meu tempo é curto e ainda não li os poemas de João Cabral de Melo Neto. Aposto que você já leu.

— Já, e até gostei.

— Economizo Cabral para a época da doença.

E a doença, tão invocada por Akel, demorou alguns anos, mas veio com muita força. Tínhamos saído para um café em uma de minhas idas à capital, ele acendeu o cigarro e contou. Estava tendo pequenos desmaios. Ia fazer uns exames, o médico achava que a coisa chegara.

— Que coisa? — perguntei.

— Porra, tenho que explicar tudo. O tumor. O câncer no

pulmão. É preciso amar as pessoas como o câncer ama o canceroso, ele recitou.

Confirmado o diagnóstico, ele só se referiria ao tumor como a Coisa. Estou com a Coisa. A Coisa cobra um preço alto. A Coisa não dorme. A Coisa me absorve. Cada vez que eu ligava para ele, ficava constrangido. Ele falava que eu, sim, era feliz: nunca tinha fumado; eu era um rapaz previdente, tinha escrito meus livros, não me casara, ele tinha se casado três vezes. Corrigi: foram só duas. E ele: houve este terceiro casamento, agora definitivo.

Logo depois da descoberta de sua doença, lancei um livro novo, que recebeu pela primeira vez destaque nas maiores revistas do país. Resolvi poupá-lo e parei de ligar. Ele sofreria com isso, e eu não teria coragem de zombar dele quando manifestasse uma pontinha de inveja.

Mas logo me ligou. Não reconheci a voz. Perguntei quem estava falando.

— A Coisa — ele disse com um tom encatarrado, pastoso, meio demoníaco. E por um instante imaginei um imenso tumor do outro lado do telefone.

— Oi, Akel. Como está indo o tratamento? — tentei disfarçar o susto.

— A Coisa vai bem, está gorda e corada. Mas deixemos a tragédia de lado. Estou ligando para falar do seu livro. Comprei e li esta semana.

— Você não estava se guardando para o João Cabral?

— Queria ver se os críticos estão dizendo a verdade. Tenho de admitir que sim. O livro é bom. Você conseguiu fazer literatura apesar do excesso.

— Obrigado — falei.

— Não é generosidade minha, é perversidade.

— Um pouco das duas coisas, eu acho.

— Talvez o livro seja bom apenas para doentes terminais, mas já é alguma coisa.

106

E a conversa morreu logo depois. Eu não queria duelar, e ele falava com dificuldade.

— Agora a Coisa vai desligar — concluiu.

Algumas semanas depois foi a mulher dele quem me procurou.

— Estamos ligando aos amigos. Internamos o Akel. O médico disse que tem poucos dias de vida.

— Ele está sentindo dor?

— Não, mas não é mais ele, você não reconhece. Se quiser ver seu amigo vivo, venha logo.

No outro dia eu estava no hospital. A mulher tinha saído, apenas o filho adolescente ficara. Quando cheguei, Akel dormia coberto apesar do calor. Conversei um pouco com o filho, depois fiquei lendo os jornais espalhados pelo quarto. Akel acordou com a entrada da mulher do governador e de uma amiga.

Depois de vários anos sempre trabalhando para os candidatos que perdiam as eleições, sem nunca receber nada, havia feito a campanha do novo governador. Só que não tivera tempo de aproveitar as oportunidades. Logo descobriria a doença e passaria a receber uma quantia mínima para as despesas médicas. Nos primeiros momentos, alguém receitara uma droga experimental, que só podia ser encontrada no Japão, e Akel se entusiasmara. Foi o único momento de euforia. Não acreditava nos tratamentos já conhecidos, mas esse novo remédio poderia dar resultado. Um assessor direto do governador mandou comprar a primeira caixa de comprimidos, que demorou para chegar. Nesse período de espera, Akel emagreceu, passou por várias tentativas de controlar o tumor, a tudo se submetendo na espera da droga milagrosa. Quando ela chegou, parou com tudo e se dedicou apenas a uma alimentação mais forte e aos comprimidos. Que acabaram rapidamente, sem que fossem repostos. Ele então começou a se desesperar, iria morrer mesmo, ninguém o ajudaria. A família pressionou o governador para que fosse comprado mais remédio. Não sei se pelas dificuldades de importação ou pelo preço exorbitante, a droga demorou muito. Chegou dias antes da internação, Akel já era quase um cadáver, como eu veria naquela tarde no hospital. A caixa de remédio viera aberta e na cartela faltavam dois comprimidos. Tinha sido de algum paciente que falecera durante o tratamento. Isso foi um golpe para o enfermo.

Estava ali no hospital para morrer em paz. A chegada da mulher do governador o acordou. Ela falava alto com uma amiga, comentando que ele não comia, e apontava para o prato de sopa na mesa. Ele ergueu as pálpebras e olhou as duas, a visita então o chamou de Papai Noel. Sua barba branca, apesar de rala, pois caíra com o tratamento, reforçava o aspecto de mendigo. A barba fora seu grande orgulho. Gostava de cuidar dela, de apará-la todos os dias e alisá-la enquanto falava.

— Você tem que reagir. Não pode parar de comer. — Ela não falava propriamente com ele, mas com a amiga.

Súbito, depois de atender o celular e dizer mais algumas coisas, ela se aproximou e passou a mão naquela barba, num gesto de carinho verdadeiro. Eram contemporâneos e talvez quisesse de fato bem ao escritor. Akel levantou a cabeça com esforço, como que atraído pelas mulheres, sentou-se na cama e disse que iria comer algo logo depois.

— O que você quer que eu mande?

— Feijoada — ele falou perversamente.

A mulher não percebeu a ironia e perguntou se a amiga sabia onde encontrar feijoada àquela hora. Listaram os nomes de alguns restaurantes e logo se aprontaram para sair.

O motorista traz para você daqui a pouco.

— Eu espero — Akel falou.

E havia mais do que ironia nessa resposta. Havia ódio. Um ódio que explodiu assim que elas se foram, deixando um odor de perfume em meio ao cheiro característico de hospital, um cheiro que era uma mistura de urina, fezes, tecido necrosado, álcool, remédios e desespero.

— Puta merda, o que essas vacas pensam? Acham que eu estou numa colônia de férias? — ele gritava com uma força quase impossível naquele corpo seco, coberto com um moletom velho, os pés descomunais contrastando com o resto.

— Essas desgraçadas. Foi para que elas comprassem perfumes franceses que trabalhei. Foi para que tivessem apartamentos em Paris que morei num conjunto. Merda. Mil vezes merda. É isso que somos. Merda. Merda de humanidade. Merda de merda. Uma grande merda. — E depois de um breve silêncio: — E a morte nos esvazia até disso.

Então se calou. O filho se aproximou um pouco para ajudá-lo a descer, mas ele não queria descer, ou não tinha força para isso. Akel não me enxergava. Eu não existia para ele, nada mais existia.

Voltamos ao sofá sob a janela, onde não podíamos ser vistos pelo doente, que permanecia sentado na cama, olhando para a porta, as costas viradas para nós. Ficou uns dez minutos quieto, sem se mexer. Depois ordenou.

— Me ajudem.

Nós nos aproximamos, cada um segurou em um dos braços dele, amparando para que pisasse no chão, depois o conduzimos até a porta do banheiro.

— Agora me viro sozinho.

Só então olhou para mim, me reconhecendo.

— Mais material para seus romances — ele disse, entrando no banheiro e empurrando a porta.

Depois de uns minutos de silêncio, já tínhamos voltado ao sofá, ele começou a gritar.

— Puta que o pariu. Me ajudem aqui. É uma merda mesmo.

Corremos ao banheiro, abrimos a porta, que estava apenas encostada, e o encontramos entalado no vaso. A bunda escorregara para a parte interna da tampa, ele estava preso, nem sentado nem agachado, e não conseguia se levantar. Nós o puxamos rapidamente, sem olhar o corpo espantosamente magro.

— Saiam daqui!

E nós saímos. Quando ele voltou, apoiando-se na parede, mas sem pedir ajuda nem com o olhar, vinha soluçando. Um soluço estranho, nervoso. Quanto mais soluço, mais irritação. Parou na frente da cama.

— Ninguém vai me ajudar?

Fomos até lá e o erguemos. Ele se deitou e nós o cobrimos. A coberta tremia; ele tinha frio e soluçava. Chamamos o médico, que fez um exame rápido e pediu para a enfermeira levá-lo à UTI. Estava tendo pequenos derrames.

Naquela madrugada faleceria. Passei a noite na casa de Akel, fazendo companhia à mulher e ao filho. Ela me falou dos últimos meses, que ele me admirava muito, mas não sabia elogiar, não tinha sido feito para isso. Era a natureza dele, até no seu amor havia acidez. Não fiz perguntas, não falei nada naquela noite, sentindo que a literatura deve ter mais silêncio do que verbo. Eu então tinha estado muito longe dela esse tempo todo. Fora preciso passar por essa experiência para que eu me desnudasse. A noite terminou rápido. Um telefonema do hospital nos avisou que ele tinha morrido às quatro da manhã.

O enterro aconteceu no mesmo dia, à cinco da tarde. O governador fez um discurso falando do grande publicitário. Quando estavam descendo o caixão à cova, um senhor malvestido começou a declamar um texto, logo percebi que era um dos poemas em prosa de Akel. Um texto virulento, que todos ouvimos com vergonha de nossa vida.

Fiquei mais uma noite na casa de Akel. Antes de dormir no

sofá da sala, a mulher dele me passou uma pasta com inúmeras folhas.

— Ele trabalhava em segredo havia anos neste romance. Tinha até aprendido a usar o computador só para isso.

Não consegui dormir, fiquei lendo os originais. Era um livro errado. Não havia sequência, os capítulos apresentavam lacunas que comprometiam o sentido, os personagens mudavam de uma cena para outra, e faltava algo que costurasse o conjunto.

Na manhã seguinte, assim que mãe e filho se levantaram, passei-lhes a pasta. Ficaram em silêncio, esperando minha opinião.

— É um livro incompleto.

— Você não gostaria de terminar?

— Não há como cobrir esta nudez — falei, e fui saindo, sem dar chance para que fizessem outras perguntas.

A irmandade da merda

Há quem goste de casas; eu prefiro a rua. Então não devia ter se casado, resmungou minha mulher quando me ouviu contando isso a um colega. Eu também achava que não devia ter me casado. Não devia ter feito um monte de coisa. O meu curso de direito, por exemplo. Se tive a dignidade de nunca advogar, fui idiota o suficiente para concluir a graduação sem me deixar reter em nenhuma disciplina. Um dos meus orgulhos foi nunca ter tirado a Ordem, e sempre falava isso para as pessoas, até que me dei conta de que eu havia entrado no serviço público, depois de um concurso muito concorrido, por causa de meu diploma. Eles exigiam apenas um curso superior. Meu diploma é que permitiu que eu me tornasse fiscal. Então, sou mesmo um hipócrita. Desdenho aquilo que me deu uma carreira. Não devia ter feito curso nenhum, nem me casado.

Na geração do meu pai, fazia algum sentido uma esposa. Um homem não conseguia comer mulheres honestas a não ser se casando. A alegria durava uns anos, depois os maridos não queriam mais comer a mulher honesta e voltavam às prostitutas. Me relacionei sempre com boas meninas, desde cedo, até encontrar Mariana na faculdade e começar a pensar numa vida a dois. Terminei o curso; entrei para a empresa; casei; vieram os filhos. Foi quando vi que gostavam de ficar o tempo todo em volta da televisão que comecei a caminhar. Caminhava no começo da noite, pela região central. Voltava duas horas depois. Foram anos assim. Daí passei a ter insônia, e veio o hábito de sair às quatro da manhã também, quando estão na rua principalmente os seus moradores.

Vão te assaltar, Mariana reclamava no início. Mas nunca havia acontecido nada comigo. Usava calça velha, meio suja, camiseta desbotada, uns tênis estropiados. Fantasia de mendigo, como diz minha mulher. Ela a guardava no armário da lavanderia, criando uma distância entre o andarilho noturno em que me tornei e o homem com quem se casou.

Brigou muito comigo no início, mas fui firme; muitas vezes é nas coisas menos importantes que devemos demonstrar caráter. Então, eu saía pelo centro mesmo quando não estava com vontade, só para me impor.

Teve que aceitar a esquisitice do marido. Depois até pedia pequenos relatos das minhas viagens urbanas. Estive hoje no Passeio Público, que às quatro da manhã é bem deserto e muito escuro, apenas iluminado pelos olhos dos bichos da noite. Falava coisas assim para ela no café da manhã. Quando fazíamos amor de madrugada, ela exigia que eu tomasse banho. Se irritada, reclamava de meu cheiro de vadia. Não saio com ninguém, você sabe disso, eu explicava com calma. Simplesmente gosto da cidade, das ruas, da cara corroída dos prédios.

— Essa mania é vergonhosa.

— Correr no centro não tem problema, né? Andar de bicicleta com aquelas roupinhas de bailarina também não.

— Esporte. Aquilo é esporte. O que é essa andança toda?

— Busca.

— Agora virou místico?

Ultimamente, eu até planejava as caminhadas. Tinha mapas da cidade. Recortava jornais com fotos dos bairros próximos do centro que eu pudesse inspecionar. O espírito do fiscal tomava conta de mim.

— O que você vê de tão importante na rua?

Eu não podia responder a essa pergunta. Ninguém entenderia. Tentava não perder o contato com pessoas reais. Contato com o mundo. Se dissesse isso, ela se ofenderia, perguntando se ela e os nossos filhos não eram pessoas reais. Então eram o quê?

— Eu vejo a pobreza — falei para ela.

— E ajuda o governo a cobrar mais impostos para resolver os problemas dos pobres — ironizou.

Eu conhecia a rua. Identificava cheiro de urina nos cantos mais deteriorados. Todos reclamam de que as pessoas mijam em público. Elas compram cerveja nos camelôs, comida em barracas e dormem sob as marquises. Vão mijar onde? Se houvesse um banheiro público em cada quadra, talvez isso não ocorresse. O cheiro forte de amônia significava outra coisa para mim: que havia gente ali, um bando que frequentava as frinchas da cidade. Eu me sentia integrado a esses lugares.

Caminhava atento aos sinais dessa população que se divide em dois grupos, os que dormem em qualquer lugar e os que preferem alguma privacidade. Como um especialista, eu buscava me aproximar das tribos mais reservadas. Eles queriam se afastar de nós, os brancos. Nem todos são mulatos e negros entre os moradores, mas o sol e a sujeira tingem mesmo os mais claros. Um senhor só de bermuda veio em minha direção para pedir dinheiro. Parecia totalmente negro. Quando ficamos cara a cara, ele com uma barba imensa, vi que o negrume de sua pele era uma casca, que se descolara em algumas partes. Apenas fuligem acumulada. As unhas enormes e negras da mesma matéria. Quanto mais intimidade com a rua, mais isoladas as pessoas ficam. Esses moradores recônditos eram como um grupo indígena, preservando hábitos, rituais, uma identidade profunda. E eu, sertanista urbano, tentando uma aproximação.

Depois de um acerto com a banquinha do bairro, toda tarde eu comprava as moedas deles e uma provisão de cigarros — embora eu não fume. Com os bolsos sortidos de moedas, cigarros e um isqueiro, eu vagava pelos cantos mais escuros da cidade. Ao encontrar alguém acordado, e se me pediam, eu dava umas moedas, o cigarro aceso. Um ou outro me oferecia alguma coisa colhida nos lixos ou roubada, comentavam uma banalidade qualquer, mas a maioria ficava quieta.

Nessas expedições, eu buscava sinais. Uma calcinha usada. Uns restos de comida numa marmita de alumínio. Montes de fezes humanas na calçada. Alguns gostavam de fazer suas necessidades nos pés das árvores, em contato direto com a terra. Havia uma alma rural nesses habitantes.

Cacarecos amontoados também podem indicar a presença de um pequeno clã. Cadeiras velhas, caixas, sacolas, papelão. Nesse ninho pode haver um grupo, mas pode estar vazio, e aí os donos das quinquilharias estão escondidos por perto. Eu saía no encalço deles.

— E aí, meu irmão? Tem um trocado?

Eu já tirava as moedas. Tudo se pacificava. E o cachimbo de craque, o cigarro de maconha e a garrafa de pinga, que haviam sido escondidos, apareciam. Não sei se foi sorte ou por esse meu método, mas nunca tinha problemas. Vi brigas entre as tribos. Vi mortes, mas não me envolvia. Eu não estava ali para tomar partido. Era apenas um viajante, sem raiz naquela paisagem.

— O que foi que você viu de mais terrível nessas andanças? — quis saber um amigo.

Eu não podia dizer nada sobre a criança recém-nascida e

morta, penso que estava morta, pois não parei para conferir. Era um menininho, o cordão umbilical murcho e escuro como uma fita, enrolando sua nudez. Parecia um presente macabro, por causa do cordão. Eu me questiono hoje por não ter procurado ver se ele estava vivo. Como isso quebraria o meu método, continuei andando com os olhos fixos nele. Virei numa esquina e logo encontrei um doidão.

— Me arranja dez pratas — ele disse.

Dou sempre moedas, mas achei que devia quebrar a regra. Tirei a carteira e ele me disse.

— E não venha com lições de moral.

Passei o dinheiro sem falar nada. Queria ir para casa, seria a única vez que voltaria antes da hora. Mas não podia. Só andei mais rápido para me afastar daquela imagem.

Não contei nada disso a meu amigo. Ele me acusaria de criminoso. Eu podia ter salvado a criança. Ou faria um discurso sobre a necessidade de tirar os mendigos da cidade, de esterilizar seus moradores, ou defenderia uma tese assistencialista qualquer.

Então falei que o que tinha visto de pior foi um casal transando na calçada, na frente de todos. Era uma senhora velha, e o homem um pouco mais novo. Estavam sentados na soleira de uma loja, as pessoas passavam perto dos pés deles, ela ergueu a saia, ele baixou o calção sujo e, com um pau cor de carvão, penetrou nela. Quando ela tirou a camiseta, os peitos pequenos e murchos foram agarrados por ele. Era como se estivessem no quarto. O mundo não existia. Apenas o desejo.

— Você ficou excitado?

— Fiquei apenas alegre porque eles ainda conseguiam sentir desejo. Me veio uma crença boba no amor.

— É por isso que a cidade está cheia de criança abandonada — meu amigo falou, concluindo a conversa.

Uma calcinha também indica energia. As fezes revelam que as pessoas comem. Sinais de vida. De vida apesar de tudo.

Não ficava comentando isso com meus amigos nem em casa. Não entenderiam. Falariam em civilização, higiene, respeito ao outro. Todas essas coisas bonitas, enfim.

Numa praça, uma noite, vi uma mulher com as roupas mais uma maçaroca de papel num carrinho de mercado. Estava alimentando os gatos. Os mendigos alimentam gatos e adotam cachorros, muitos dormem rodeados por cães sarnentos, e se aquecem mutuamente, todos da mesma espécie rua.

Na praça em obra, os funcionários mexiam com os esgotos. Valetas tinham sido abertas, montes de terra se erguiam nas calçadas. E a mulher que alimentava gatos deixara o carrinho na frente de uma manilha gigantesca, com umas cobertas no interior. Ela usava aquele lugar para dormir.

Fiquei com a imagem na cabeça. A sociedade quer tirar os mendigos da rua. Fala em casa. Em ressocialização. Mas eles já estão socializados. Vivem no seu habitat. A maioria quer ficar ali. A vida deles é o movimento diário pelo tabuleiro. É uma agressão querer devolvê-los a uma sociedade que não tem sentido para eles, que eles veem como território inimigo.

No horário do almoço, fui a uma empresa que localizei pela internet e comprei dez manilhas grandes. Pedi para entregar no final da tarde numa pracinha. Eu estava lá para receber as manilhas. Empilhamos todas, quatro embaixo, três em cima, em seguida duas e por último uma, depois de ter ajeitado o chão com uma enxada comprada para aquele fim, numa espécie de cama para as primeiras manilhas.

À noite, na minha ronda, passei por lá e duas manilhas estavam ocupadas. O plano funcionara. No outro dia, na hora do almoço, visitei o local, e crianças dormiam naqueles túneis. Fiquei tão contente que corri para a loja e comprei mais lotes de manilhas e distribuí em vários pontos; eu conhecia muito bem aquele mundo. Não trabalhei na parte da tarde para acompanhar a entrega.

A partir daquele dia, como o apicultor que coleta mel, eu repassava todos os pontos. Em alguns a colmeia estava cheia. Nunca encontrei uma totalmente vazia. De maneira intuitiva, eu tinha descoberto uma saída. Fiz desenhos com manilhas com grades e cadeados, que serviriam também como armários. Poderiam deixar ali um colchonete. Ou revestir o interior com papelão. Ou forrar com algum cobertor. Imaginei as praças com essas moradias. As pessoas não precisariam deixar o seu lugar, a rua amada, que era tudo para eles. Comecei a escrever um projeto para apresentar aos políticos. Procuraria a Secretaria de Assistência Social.

Mantinha tudo em segredo. Não falei nem com Mariana. Ela notou meu entusiasmo, achando que eu tivesse arrumado uma amante. Mas esse período contagiou até a nossa vida sexual. Foi quando mais fizemos amor depois dos anos iniciais de casamento.

Coloquei um blazer, uma boa camisa, depois de ter cortado o cabelo. Cheguei a aparar os pelos do nariz. Não queria parecer um maluco ao político que me receberia. Meu amigo foi junto. Ficamos um bom tempo na sala de espera. Homens de ternos caros entravam e saíam. Eram os responsáveis pelas políticas sociais da cidade. O que poderiam entender do mundo da rua vestindo roupas assim? As mulheres também estavam tão limpas, tão cheirosas, e usavam saltos tão altos, que não conseguiriam sequer atravessar uma rua. Todos só andavam de carro. Caminhavam apenas nos shoppings. Conheciam os problemas da cidade pelo noticiário e por relatórios.

Isso se confirmou quando fui atendido. Não pelo secretário, convocado pelo prefeito, mas pelo chefe de gabinete. Ele interrompia minhas explicações para atender telefonemas ou para solicitar dados sobre outros assuntos. Repetia sempre que eu continuasse. Apresentei, assim, o Projeto Casulo. Trazia uma estimativa da quantidade de sem-teto. Quando falei os números, ele se indignou.

— É muito menos.

Apresentei os custos, as vantagens, a praticidade do projeto.

— Acho politicamente inviável. A oposição nos acusaria de estar incentivando a mendicância, atraindo gente de outros lugares.

— Mas poderia ser um projeto regional.

Eu já sonhava com um projeto nacional. O chefe de gabinete mudou o tom para falar que apresentaria a proposta aos assessores. Pegou meu telefone e prometeu que em breve eu seria procurado para discutir os caminhos que poderíamos tomar — e essa primeira pessoa do plural foi ressaltada para demonstrar uma falsa adesão ao projeto.

Meu amigo saiu entusiasmado da reunião.

— Acho que ele comprou a ideia.

— Duvido.

E eu estava certo. Nunca tive retorno. Meu projeto deve ter ido direto para a cesta de lixo. Não, políticos não jogam papéis no lixo, eles os colocam no fragmentador. Nunca deixar vestígios.

Continuei minhas andanças, acompanhando a ocupação dos casulos. O mais incrível é que o serviço público não tirara as manilhas que eu havia plantado nas praças, parques e largos da cidade, como se ninguém se interessasse pelo que estava acontecendo naqueles lugares.

Um dos meus orgulhos era nunca ter pisado em merda nesses reconhecimentos urbanos. O chão é minado de fezes, e mesmo nos lugares mais escuros identifico o perigo com facilidade. Eu jamais me sujara com isso, como se permanecesse acima de tudo. Entrava nesse mundo e saía dele sem levar nada que não fossem imagens, recordações.

Explorando uma viela cheia de latões de lixo, no meio dos quais vi uns barbudos dormindo, fiquei imaginando como seria se houvesse mesmo um plano de moradias nas manilhas. Do meio do lixo, saiu um cachorro com as mandíbulas deformadas, parecia a encarnação do demônio, e avançou sobre mim. Devia estar fuçando nos restos de comida e me tomou como concorrente. Ou sentiu seu território invadido. Não corri, encarei o cão, mas me movi um pouco para a esquerda, reagindo às suas investidas.

Foi quando senti algo mole sob os pés. Não pude dar atenção. Era preciso convencer o cachorro de que eu não significava perigo para ele. Trazia apenas dinheiro e cigarro, nada que pudesse acalmá-lo. Ainda tive frieza para pensar que devia andar também com alguns biscoitos para cães. Talvez essa capacidade de desviar a atenção do perigo é que o tivesse acalmado. Fui andando sem pressa, olhando sempre para ele, que continuou investindo contra mim, mas cada vez com menos convicção. Quando ele parou, segui adiante. Poucos metros depois, olhei para ele, identificando algum carinho.

No final dessa ronda, encontrei minha mulher na cozinha.

— Meu Deus — ela disse.

E olhou para meus pés. Eu tinha pisado em bosta e sujado as barras da calça. Era uma bosta preta, mole.

— Que nojo. Você perdeu toda a dignidade.

Meio chorando, ela voltou ao quarto. Tirei os tênis, as meias, a calça, joguei tudo num saco plástico preto, desses para lixo, e fui me lavar. Não era nada assim tão grave. Depois de me trocar, desci até a portaria do prédio com o lixo. Voltei e tomei café. Mariana não quis sair do quarto. Fui para o trabalho mais cedo.

Vou sempre a pé. Não posso andar à noite como um zumbi e depois durante o dia me enfiar em um carro com ar condicionado. O carro é da Mariana e das crianças. De vez em quando pego carona, e é toda a minha concessão à vida motorizada.

Com o rebanho matinal, todos seguindo para o abatedouro diário, que não nos mata de uma vez, adiando o dia da morte, ouvi atrás de mim uma voz falsamente feminina. Era muito baixa. O sol estava forte. A maioria tomara banho, as nossas roupas eram limpas e tínhamos pressa. Não conversávamos. Mas aquela voz quase cantava num tom ameno. Diminuí o passo, para que fosse ultrapassado por ela.

Era a de um travesti magro. Exageradamente magro, usando um chapéu preto, masculino. Uma camiseta mínima sobre os peitinhos adolescentes. Os braços só ossos. Vestia uma saia rodada, muito curta, revelando as pernas secas. E estava sujo, muito sujo. Quando olhei sua boca, sorriu; vi que faltavam alguns dentes. Cantou um pouco mais alto e entendi seu mantra, que ele continuou repetindo nos cinquenta metros que trilhamos lado a lado.

— A sua merda também é fedida. A sua merda também é fedida.

Aquilo parecia ser dito para mim. Por mais que nos diferenciássemos, era pela merda que o humano se irmanava. Minha roupa estava limpa, eu havia tomado banho e me perfumara, usava cueca e meia alvejadas, mas o que meu corpo excretava me unia aos mais fétidos. Eles apenas conviviam mais de perto com as fezes, a deles e a de todos, enquanto nós nos afastávamos dela. Nós a colocávamos em sacos plásticos e a descartávamos. Nós a empurrávamos esgoto abaixo. Desde criança, aprendemos a nos afastar dela.

Não pude trabalhar direito. Passei mal o dia todo. Pensando nessa irmandade. A irmandade da merda. Não fui para casa no final da tarde. Fiquei vagando pelo centro. Comi um cachorro-quente detestável numa praça. Bebi cerveja, mijei no tronco de uma árvore. Eu agora estava dentro.

Cambaleando, cansado mais de pensar em tudo do que de

andar, fui até um dos condomínios de manilha. Uma estava vazia. Entrei, sentindo o cheiro forte de outras misérias. As paredes ásperas tinham ficado marrons. Coloquei o rosto contra os braços e dormi. Não sei por quanto tempo. Fui acordado com alguém me puxando pelos pés. Quando estava fora, vi um homem furioso. Ele me chutou o estômago. Depois o rosto. Eu não conseguia reagir. Apanhando muito, saí de perto do abrigo. Quando ele recuou, me encostei numa árvore e acompanhei seu movimento. Ajeitou uns papelões na manilha em que eu estava, entrou e se deitou como se estivesse em casa.

Passei a noite toda aqui, meio sentado, meio deitado. Acabou de amanhecer. Poderia ir para casa, mas acho que já não consigo.

A bicicleta de carga

Os meninos da minha turma ganhavam bicicletas no fim do ano. A melhor de todas era de uma marca esportiva, leve, de pneus finos e com dez marchas. Eu não precisei ganhar; já tinha uma. Aliás, mais de uma. Na frente da mercearia de meu pai, ficavam as bicicletas cargueiras, usadas para entrega. E meu pai fez questão de me ensinar a andar nelas muito cedo, para ajudar nos serviços.

Bem antes de aprender a pedalar, eu já me habituara a esse veículo. Era numa bicicleta dessas que ele me levava para as aulas. A gente morava nos fundos da mercearia, e ele não tirava o seu Fusca da garagem para vencer as poucas quadras que nos separavam da escola. Então, eu ia na frente, na parte destinada à carga, olhando a paisagem, com o vento batendo em meu cabelo. Desde muito pequeno, gostei dessa liberdade.

Assim que aprendi a me equilibrar sobre as duas rodas, passei a levar as compras aos clientes. Tinha gente que parava na mercearia, antes de ir para algum compromisso, e comprava um pacote de açúcar ou uma lata de azeite, solicitando a entrega.

A culpa era do pai, que havia colocado, bem abaixo do nome da mercearia, a frase: entrega em domicílio. Então, a pessoa se sentia no direito de pedir o transporte de um único pé de alface. Como Peabiru sempre foi uma cidade pequena, a tarefa não era difícil nem tomava muito tempo. E eu gostava dela, pois assim conhecia todas as ruas e muitas casas, podendo ainda encontrar uma das meninas por quem eu vivia me apaixonando em silêncio. Havia certa autoridade em chegar na bicicleta com o nome da mercearia, em uma placa de lata colocada no meio do quadro, e com uma caixa de plástico na parte de frente. Eu tirava os sacos de papel com as compras — na época ninguém usava sacolas plásticas — e passava para a dona da casa, muitas vezes para uma das filhas.

Eu achava que só havia duas profissões melhores do que a minha — a do carteiro, que usava uma bicicleta de carga diferente, mais alta, e a do entregador de jornal, que fazia o seu serviço em uma magrela dessas comuns. Eles andavam por toda a cidade, com coisas urgentes. Uma carta registrada, a última edição do jornal de São Paulo que trazia um escândalo qualquer. Mesmo que eu fosse entregar uma vassoura ou algo assim, a minha responsabilidade era a mesma. E eu gostava de transportar comidas para o almoço, pois aí eu apertava o pedal com força, para não deixar que nada estragasse. Claro que não estragaria, seria apenas um trajeto de poucos minutos, mas eu precisava fingir que estava carregando algo muito frágil. Nos furgões que nos forneciam mercadorias resfriadas, havia um aviso: carga perecível. Todas as minhas cargas eram assim.

Meu pai se animava com meu empenho, elogiando meu gosto pelo comércio, mas eu não tinha a menor vontade de vender coisas. Não gostava de ficar na mercearia, e sim de vagar pelas ruas com as compras.

Não sei se vocês já prestaram atenção nesse tipo de veículo.

Vou descrever a bicicleta de carga. Ela tem o pneu da frente menor do que o traseiro, e sobre ele há uma base de canos que pode receber um adulto sentado ou duas crianças, ou uma caixa de plástico, ou ainda um saco de sessenta quilos. Ao contrário das outras bicicletas, conta com um pé em forma de U sob essa roda menor, que permite que fique parada de forma estável. Não tem marchas, e na parte de trás há ainda um bagageiro pequeno.

Os pneus são resistentes porque ela leva muita coisa, e sua estrutura é mais pesada do que a de outras bicicletas. Enquanto meus amigos andavam com as versões esportivas, com pouco peso, eu acrescentava caixas e sacos à minha.

Não me envergonhava dela e a achava melhor do que qualquer outra. Uma das vantagens era poder parar em qualquer lugar, erguer os pés de metal e me sentar no espaço destinado à carga, para conversar com os amigos. Ela servia como poltrona improvisada. Também fortalecia a musculatura, exigindo sempre mais de quem a conduzia pelas subidas da cidade. Mas não havia vantagem maior do que nos permitir entrar nas casas. As mulheres nos abriam o portão e a porta da cozinha, para que levássemos as compras, e sempre acabávamos vendo algo. Uma estava com o calção tão curto que mostrava a polpa da bunda. Outra nos recebia de camisola. Uma estaria de camiseta meio transparente e sem sutiã. E íamos assim conhecendo as mulheres da cidade.

Se nunca consegui nada com uma delas?

Apenas uma vez. Ela me recebeu, às onze da manhã, com uma camisola transparente. Pediu que eu levasse as compras até a cozinha, daí fechou a porta e abaixou a camisola, solicitando educadamente que eu mamasse em seus peitos pequeninos. Não tinha filhos, inventou, e queria saber como era dar de mamar a uma criança. Eu devia ter uns doze ou treze anos, nenhum pelo no rosto, era mesmo uma criança. Daí lhe dei esse prazer e ela retribuiu me chupando, falando coisas sobre meu pau, sobre os poucos pentelhos.

Estive com ela seguidamente, e cada vez era melhor. Um dia meu pai desconfiou, porque eu demorava muito mais naquela entrega do que nas outras.

— O que você anda fazendo com a mulher do Alexandre?

E o simples fato de ele falar que aquela senhora tinha marido, pronunciando o nome dele na frente dos funcionários da mercearia, estragou para sempre meus momentos de alegria. Eu sabia que ela era casada, mas tentava não pensar nisso e fingia não saber quem era o outro. Já havia visto o marido entrando no quintal numa vez que passara em frente da casa da minha namorada — era assim que pensava nela, como minha namorada —, mas saber o nome dele me afastou daquelas brincadeiras.

— Tenho que guardar as compras para ela — respondi.

— Ele está guardando é outra coisa — disse um dos rapazes que trabalhavam no balcão, e todos riram.

Passei a evitar as entregas naquele endereço. Agora outra pessoa ia levar os produtos que ela solicitava por telefone. Não quis nem saber se ela também pedia para ele guardar os produtos no armário da cozinha.

Eu tinha muita coisa para fazer no meio período em que ajudava meu pai. Passar na frente da casa das mulheres mais bonitas da cidade era algo que tomava muito tempo. Como dominava a bicicleta, eu pedalava sem segurar no guidão, isso quando não havia compras, com as mãos no bolso da jaqueta, chamando assim a atenção das pessoas.

De todas as entregas, nenhuma era mais difícil do que a de arroz limpo. Algumas famílias, muito grandes, compravam um saco de cinquenta e oito quilos. O pai não gostava que eu fizesse esse serviço, mas eu queria testar meu corpo também em tarefas mais pesadas. Aos treze anos, estamos testando tudo, aprendendo a conviver com o corpo que logo teremos, mas que por enquanto é apenas projeto. Eu fazia questão de levar o arroz e de descarregar, transportando a sacaria até a despensa, gemendo com o esforço. Uma vez, como o trajeto era longo, carreguei aquele peso soltando pequenos puns. Era para morrer de vergonha, mas a dona da casa fez de conta que não ouviu nada.

— É bom ver um menino assim tão trabalhador — ela me elogiou.

Quando havia algum saco para entregar, eu me antecipava, para mostrar a meu pai que, sim, tinha crescido, já era quase um homem.

— Depois de comer a mulher do Alexandre, agora vai querer provar que tem músculo — zombou um dos vendedores.

Fiquei com muita raiva dele. Por causa desse comentário, parei de raspar a barba com a navalha que meu pai usava. Eu ainda não tinha pelos, apenas umas penugens, mas alguém havia dito que se você se barbeasse uma vez por semana nasceria uma barba muito espessa. Eu sonhava ter um bigode grande como o de meu pai e me dedicava à navalha dia sim, dia não. Mas se soubessem disso lá na loja, alguém falaria algo para zombar de mim. Na adolescência todo mundo está querendo rir da gente.

Continuei fazendo as entregas mais difíceis, nas chácaras, tendo que seguir por estradinhas de terra. O pneu da frente ia espirrando pedra para os lados, por causa do peso concentrado ali. O guidão ficava mais duro, e eu tinha que pedalar em pé, fazendo muita força para vencer as subidas. Mas, quando voltava, a caixa vazia, amarrada com uma borracha, batia contra a estrutura de ferro, na corrida que eu apostava comigo mesmo. Quanto mais longe o endereço para onde eu ia, mais podia ficar à toa.

Eu queria ir à escola de bicicleta, mas o pai precisava dela, e essa era minha única frustração. Meus amigos estacionavam suas bicicletas na parede externa da nossa sala e ficavam cuidando delas pela janela. Eu sonhava fazer o mesmo. Pedi pro pai.

— Elas não são para brincar — ele falou.

Como se a vida, e não só as bicicletas, fosse destinada apenas ao trabalho.

Nunca fui à escola com a cargueira, mas sempre que podia parava nos pontos em que os meus amigos se reuniam. Depois de levar uma compra numa chácara, passei na praça Eleutério Galdino de Andrade, estacionando a bicicleta para conversar com dois colegas. Estava ali havia poucos minutos, quando ouvi a voz de meu pai. Ele tinha parado o Fusca e gritado para eu voltar pra casa. Não falou pra mercearia.

Tinha ido com a mãe a um médico em Maringá. Ela estava no carro com ele, os olhos vermelhos. Devia ter sofrido com a vergonha que o pai me fez passar na frente de meus amigos. Como se conversar um pouco fosse algo muito errado, quase um crime. E eu deveria pagar por isso. Sempre tive medo de meu pai. Amor, para ele, se confundia com autoridade.

Meu pai saía pouco de casa, apenas para jogar baralho no Peabiru União Clube, e isso nos domingos. Minha mãe nem à missa ia. Gastava o tempo todo cuidando da casa, mantida com as cortinas sempre fechadas. Não recebíamos pessoas, não visitávamos ninguém. O pai trabalhava até as oito da noite e, em casa, assistia ao jornal da tevê, jantava e dormia. No outro dia cedo, antes de nascer o sol, estaria organizando a mercearia.

Então, eu andava à vontade pela cidade, certo de que eles não saberiam que o filho gostava tanto de fazer as entregas apenas para poder pedalar livremente pelas ruas, exibindo-se para as meninas. Mas agora haviam descoberto minha malandragem.

Cheguei em casa quase junto com eles, pedalando com toda a força naquele pequeno trajeto, a tempo de fechar o portão da garagem.

— Entre aí — falou o pai.

Ele nunca ficava em casa durante o dia. Nem na hora do

almoço. Era o momento em que os funcionários saíam, e ele tinha que cuidar sozinho do comércio. A mãe me dava o almoço e depois fazia um prato que eu levava pra ele. Ficávamos os dois ali, ele comendo atrás do balcão, parando para atender algum cliente ou fornecedor.

Entramos juntos, o pai se sentou no sofá da sala. A mãe foi pro quarto, reclamando de cansaço. Eu seria penalizado apenas por ter parado para conversar com os amigos?

— Sabe, você já está grande, é praticamente um homem.

Eu não tinha nem catorze anos e não estava entendendo a conversa.

— Na sua idade eu já ganhava dinheiro para ajudar em casa.

— Eu não vou fazer mais isso — prometi.

Mas ele foi indiferente ao que eu disse.

— Éramos muitos filhos, todos deviam trabalhar. Acho que nunca fui criança, porque desde cedo a gente tinha responsabilidade. Só brinquei com as ferramentas de trabalho.

Isso eu também fazia, brincava com a bicicleta destinada ao serviço. Pensei em falar algo assim ao pai, mas ele não olhava para mim, não me via, não tinha consciência de que eu estava sentado ao lado dele.

— Quando a gente perde o pai na infância é muito difícil. O filho mais velho tem que cuidar de tudo. Talvez isso console você.

— O que o senhor está dizendo?

Mas meu pai continuava ruminando lá as coisas dele. Não sabia falar de sentimentos. Era um bom vendedor e tratava bem os clientes, que sempre gostaram dele. Mas na hora de expressar as coisas pessoais ele não tinha habilidade nenhuma.

— Pai... — Toquei nele, e ele então me olhou, como que comovido com minha presença.

— Você pelo menos não tem irmãos para cuidar.

— O que está acontecendo? O senhor está doente?

— Antes fosse isso — ele falou, deixando uma lágrima escorrer.

— Não estou entendendo.

— Seja forte. Seja muito forte, filho.

E abaixou a cabeça para chorar, numa demonstração de que nem ele conseguiria isso.

Resolvi deixar o pai ali com o que o atormentava e ajudar na mercearia. Tinha umas entregas para fazer e coloquei as compras na bicicleta e saí. Gostava de concentrar todo o meu corpo naquele exercício, pedalar como se o mundo se movesse graças às minhas pernas. Se eu deixasse de pedalar, tudo pararia. Era essa sensação de responsabilidade que o trabalho me ensinava.

Sem explicar direito, o pai me transferiu naquela mesma semana para o noturno. Eu agora ficaria o dia todo na mercearia e estudaria à noite, tendo que cuidar do caixa.

— Prefiro fazer as entregas — falei.

— Vai ter que parar de sair da loja por uns tempos — ele ordenou, sem nenhuma explicação.

Mas logo eu começaria a entender.

— Hoje você fica no caixa — ele me disse numa manhã.

Ajudou a mãe a entrar no Fusca. Ela sempre foi gorda, talvez por se movimentar tão pouco. Nesses dias, chorava muito pelos cantos e o pai almoçava em casa, me deixando no balcão, no seu lugar. Tudo muito confuso, e eles sem conversar comigo.

Em dias alternados, o pai saía com a mãe — descobri depois — para irem ao hospital em Maringá. Voltavam só no meio da tarde. A mãe vinha com o corpo todo desenhado com riscos de um pincel vermelho. Vomitava, e logo começou a emagrecer.

— Qual a doença dela? — perguntei ao pai.

— Ah, meu filho — ele exclamou, me abraçando, sem me responder.

Tinha coisas sobre as quais não se falava em casa. Muito

mais coisas que não eram sequer pronunciadas do que as que podiam ser discutidas. Eu devia saber sem que me dissessem. E aprender a me virar sozinho.

Na mercearia, ficava com inveja dos empregados que entregavam as compras. Cuidava dos pedidos, dos pagamentos, e ficava esperando o pai voltar e assumir o meu posto. Podia então fazer uma ou duas entregas antes de ir pra escola.

Naquele ano, reprovei. A mãe agora tinha emagrecido muito. Ouvi o pai dizer a alguém que ela estava pesando cinquenta e oito quilos. Era muito pouco para a mulher grande que ela havia sido.

Ninguém se importou com minha reprovação, contei pro pai e ele me perguntou se o representante de arroz tinha passado. Respondi que sim. Agora venderíamos arroz em pacotes plásticos de cinco quilos, e não mais solto, na quantidade que o cliente queria. Também pararíamos de vender em sacos, iríamos apenas acabar com nosso estoque. E naquele mesmo dia chegara um pedido de entrega de arroz em uma chácara. Queriam cinquenta e oito quilos.

Veio do nada uma dor muito grande ao ouvir esse número pela segunda vez em poucos minutos. Decidi que aquele serviço seria meu.

Carreguei a bicicleta e comecei a pedalar. Assim que saí da mercearia, notei que havia um furinho no saco, por onde caía um pouco de arroz. Parei a bicicleta, ergui os pés de metal, fazendo muito esforço, e olhei o pequeno buraco. As linhas tinham se esgarçado, talvez algum rato tivesse roído naquele lugar. Eu poderia virar a posição do saco, colocando o furo para cima, ou tampar com um pedaço de papel. Estudava o que fazer. Uma coisa tão simples de repente se tornava um problema. O pai sempre queria que fizéssemos tudo rapidamente, por reflexo, sem pensar.

— Todas as coisas têm uma única maneira certa e muitas

erradas. Não precisamos ficar pensando no que fazer se queremos o certo.

Era isso que ele sempre dizia, exigindo destreza de todo mundo que trabalhava com ele. E se eu estava pensando tanto naquele problema é porque queria, pelo menos uma vez na vida, escolher a maneira errada que mais me agradasse.

Depois de uns minutos diante do saco de arroz, enfiei o dedo indicador no buraco e aumentei a sua circunferência. Começaram a cair mais grãos. Daí enfiei dois dedos e forcei a lateral, aumentando o vazamento.

Abaixei a bicicleta, recolhendo os pés de ferro, montei nela e comecei a pedalar. Não queria mais saber para onde tinha que levar aquela encomenda. Se voltaria ou não pra mercearia. Eu queria andar pela cidade com aquele peso, que aos poucos diminuía.

— Ei, está vazando arroz — alguém me alertou.

— Eu sei! — gritei.

Pedalei como nunca, atingindo a maior velocidade que podia.

O saco de estopa era agora algo mole, com uns restos de grãos dentro. Parei num final de rua e rasguei o buraco, despejando as sobras na terra. Depois joguei o saco vazio no ombro, sentindo o seu tecido áspero me pinicar o pescoço. Podia enfim voltar. Pedalei com calma, escolhendo o caminho mais curto. Estava cansado. Queria entrar em casa e não encontrar mais minha mãe. Que tudo já tivesse acontecido. Que só houvesse sobrado as suas roupas sobre a cama de onde ela agora saía apenas para o hospital.

Quando enfim voltei pra casa, sem passar pela mercearia, fui direto ao seu quarto, para ver se meu desejo se realizara. E encontrei a mãe sentada na cama, olhos ternos, seca dentro de suas roupas agora imensas.

ESTA OBRA FOI COMPOSTA PELO GRUPO DE CRIAÇÃO EM ELECTRA E
IMPRESSA PELA RR DONNELLEY EM OFSETE SOBRE PAPEL PÓLEN BOLD
DA SUZANO PAPEL E CELULOSE PARA A EDITORA SCHWARCZ
EM AGOSTO DE 2018

A marca FSC® é a garantia de que a madeira utilizada na fabricação do papel deste livro provém de florestas que foram gerenciadas de maneira ambientalmente correta, socialmente justa e economicamente viável, além de outras fontes de origem controlada.